Aus Freude am Lesen

Wissen wir eigentlich, wo wir leben? Wie die Straßen aussehen, die wir täglich entlanggehen? Wie der Frühling sich am nahe gelegenen Fluss anfühlt? In Franz Hohlers Spaziergängen bekommen wir eine Ahnung, was es in unserer nächsten Umgebung alles zu entdecken gibt, an Schönem, an Merkwürdigem und an Aberwitz. Wir lernen wahrzunehmen und verwandeln uns langsam in Kenner von etwas, das wir zu kennen glauben – unseren Alltag.

Franz Hohler wurde 1943 in Biel geboren. Er lebt in Zürich und gilt als einer der bedeutendsten Erzähler seines Landes. Franz Hohler ist mit vielen Preisen ausgezeichnet worden, u. a. erhielt er 2002 den Kasseler Literaturpreis für grotesken Humor und 2005 mit dem Kunstpreis der Stadt Zürich.

Franz Hohler bei btb
Die Torte (und andere Erzählungen) 73451
52 Wanderungen 73569
Die blaue Amsel 73637
Es klopft, Roman 73920
Der neue Berg, Roman 73786
Das Ende eines ganz normalen Tages 74081
Der Stein, Erzählungen 74590
Die Steinflut, Eine Novelle 74269
Die Rückeroberung, Erzählungen 74321.

Franz Hohler

Spaziergänge

btb

Verlagsgruppe Random House FSC® N001967
Das für dieses Buch verwendete FSC®-zertifizierte
Papier *Lux Cream* liefert Stora Enso, Finnland.

1. Auflage
Genehmigte Taschenbuchausgabe Januar 2014,
btb Verlag in der Verlagsgruppe Random House GmbH, München
Copyright © 2012 by Luchterhand Literaturverlag,
in der Verlagsgruppe Random House GmbH, München
Umschlaggestaltung: semper smile, München nach einem
Entwurf von R.M.E., Roland Eschlbeck / Rosemarie Kreuzer
Umschlagmotiv: © Christian Altorfer; Quadriga Images / Look /
Getty Images
Druck und Einband: CPI – Clausen & Bosse, Leck
KS · Herstellung: sc
Printed in Germany
ISBN 978-3-442-74682-8

www.btb-verlag.de
www.facebook.com/btbverlag
Besuchen Sie auch unseren LiteraturBlog www.transatlantik.de

»Gehen« gehört zu meinen Lieblingswörtern, und so beschloss ich am 12. März 2010, ein Jahr lang jede Woche irgendwohin zu gehen, mit andern Worten, einen Spaziergang zu machen. Über alle Spaziergänge habe ich etwas geschrieben.
Hier sind sie.

FRANZ HOHLER

Frühlingsspaziergang

Während der ganzen zweiten Märzwoche hat es immer wieder geschneit, dazu verschärfte eine Bise die Kälte, und die Leute sprachen von nichts anderem als vom Wetter. »Das ist kein Wetter«, sagte gestern einer seufzend zu mir.

Heute morgen war es auf einmal milder, und als am Mittag die Sonne zwischen den Wolken durchschien, fuhr ich mit der S-Bahn zur Stadt hinaus. In Wallisellen las ich zum ersten Mal in meinem Leben das Wort Hochregallager. Wenn ich ein solches Lager bräuchte, könnte ich es hier gleich neben dem Bahnhof kaufen.

In Greifensee steige ich aus und gehe zum See hinunter. Woher nimmt der Himmel auf einmal sein zartes Blau? Die Treppe zum Schloss ist mit roten und weißen Ballonen geschmückt, das Tor ist geöffnet, ein Fest kündigt sich an. Am Seeufer steht ein Hochzeitspaar unter einem großen Weidenbaum und nimmt für den Fotografen verschiedene Posen ein, einmal halten sich die beiden so, als ob sie tanzen würden, ein anderes Mal schauen sie sich innig in die Augen. Dahinter wartet das Schloss auf sie, das Schloss, dessen ganze Besatzung im alten Zürichkrieg vor ein paar hundert Jahren nach einer langen Belagerung von den Innerschweizern erbarmungslos geköpft wurde.

Ich schlage den Uferweg ein, er ist teils schneebedeckt, teils schlammig. Schmelzwasserpfützen zwingen zu hüpfenden Ausweichschritten. Eine Fußgängerbrücke überquert ein kleines Schleusenwerk, das den Ausfluss des Sees in die Glatt verwaltet. Im Wasser haben sich Äste angesammelt, ein Blässhuhn kommt mit einem dünnen Zweig im Schnabel angeschwommen und legt ihn auf die Äste. Die Aussicht auf den See wird nun durch einen Schilfgürtel verdeckt, aber das Geschrei der Wasservögel lässt keinen Zweifel an dessen Existenz.

Als mir ein Wegweiser nach einer knappen Stunde mitteilt, bis Maur sei es nochmals eine Stunde, biege ich nach Fällanden ab, das näher liegt. Bei der Post versuche ich aus einer Telefonkabine meine Mutter im Altersheim anzurufen, aber sie ist offenbar nicht im Zimmer. Da der Bus nach Zürich noch nicht gleich fährt, betrete ich ein Restaurant, aus dessen oberen Stockwerken zwei große Schweizerfahnen hängen, rote Flammen auf weißem Grund laufen auf das Schweizerkreuz in der Mitte zu.

Ich trinke einen Espresso. Da sei doch so ein Inder vor dem SPAR gesessen kürzlich und habe auf einem Instrument mit einer einzigen Saite gekratzt, sagt einer am Nebentisch, da sei er zu ihm hingegangen und habe ihm gesagt, ob er glaube, er gebe ihm etwas, wenn er so grausig spiele. Da ziehe es einem ja die Arschbacken zusammen.

Später, im Bus, steigen zwei Asiaten ein, einer setzt sich neben mich. In Dübendorf lese ich auf dem Dach eines Hochhauses »GOTT SUCHT DICH«. Ich erschrecke ein bisschen, wieso gerade mich, was hat er mit mir vor? Der Bus nimmt das Himmelsblau mit in die Stadt. Die beiden Asiaten reden in einer mir unverständlichen Sprache miteinander. Kurz vor der Endstation Stettbach steigt einer von ihnen aus, bei der Haltestelle »Hoffnung«.

12.3.2010

An der Limmat

Über dem Wehr in Dietikon kreisen große Möwenschwärme, von einem Zufallsgenerator hochgewirbelt. Welches Ufer wohl das schönere ist? Beide sind als Wanderwege markiert; ich entscheide mich für das linke.

Kaum bin ich aufgebrochen, fährt auf der andern Seite eine bunt bemalte zweispännige Pferdekutsche voll fröhlicher Kinder daher. Später sehe ich mit Genugtuung, dass der Weg drüben komplizierter wird, Kiesbänke und Nebengewässer zwingen zum Ausweichen.

Eine Tafel weist mich darauf hin, dass auf dem gegenüberliegenden Ufersteilhang ein Eisvogelpaar seine Bruthöhle gegraben hat und dass die Vögel äußerst störungsempfindlich seien. Ich bleibe ein bisschen stehen, wer weiß, ob sich eines der seltenen Tiere zeigt. Oder brüten sie noch gar nicht?

Dann kreuzt die Autobahn den Fluss, und eine mobile Hölle aus Autos, Lastwagen, Schwertransportern und Sattelschleppern zieht knatternd und röhrend über die Brücke. Am darüberliegenden Steilhang haben sich die Häuser von Oetwil eingenistet. Diese Brutplätze schützt niemand, sie scheinen weniger störungsempfindlich zu sein.

Nach der Brücke mahnt eine grüne Tafel ein Naturschutzgebiet an, »Unterlasset jegliches Pflücken von Blumen«, gebietet ein Imperativ aus dem tiefsten letzten Jahrhundert, und gleich dahinter erhebt sich eine Industrieanlage mit einem rotweiß gestrichenen Hochkamin. Sie dürfte weniger alt sein als die Tafel.

Langsam verliert sich der Motorendonner, aus dem Waldstreifen zur Linken singt ein Vogel immer dieselben drei Töne, zwei gleich hohe und den dritten eine Quart tiefer. Umgekehrt wäre es der Beginn eines Wanderliedes, aber das kann der Vogel nicht wissen. Was kurz danach von ferne zu hören ist, müssen Saxofonklänge sein.

Eine Insel in der Limmat, die aussieht, als habe sie die letzte Eiszeit geschaffen, sei im 19. Jahrhundert entstanden, als man einen Kanal für eine Baumwollspinnerei grub. Dies wird mir auf einer Tafel erklärt, ohne dass ich danach gefragt habe. Heute ist daraus ein Picknick- und Badeinselchen geworden, ich betrete es über den Fußgängersteg und sehe jetzt den Saxofonspieler, der an einem Hang über dem andern Ufer steht und in die zärtliche Frühlingsluft hinein improvisiert. Als er einmal absetzt, klatsche ich, und er spielt sogleich weiter.

Nach der Insel erscheinen hinter dem kleinen Uferwaldgürtel Fronten von Lagerhäusern, unten ein Totarm des Flusses, der noch gefroren ist, aber nicht so, dass man draufstehen möchte. Er wird schmelzen, die Lagerhäuser nicht. Die Musik wird langsam ausgeblendet.

Auf einmal ist die Hölle wieder da, diesmal durch eine hohe Glaswand vom Fußweg getrennt, der eine Weile neben der Motorenhorde her führt, bevor man unter einer Brücke hindurch zum Bahnhof Spreitenbach abzweigen kann, durch den in kurzer Folge Schnellzüge und endlose Güterzüge mit Kies-

und Zisternenwagen durchfahren, und zuletzt eine einzelne Lokomotive. Ihr Pfiff wirkt fast verzweifelt, als habe sich ihr Zug davongemacht, auf eine Märzenreise, flussabwärts.

18.3.2010

Egelsee

Als ich letzte Woche am Bahnhof Killwangen-Spreitenbach ankam, sah ich dort einen Wegweiser »Egelsee« und »Hasenberg« und »Mutschellen« und dachte, da muss ich hingehen. Am Egelsee war ich zum letzten Mal vor mindestens 30 Jahren, ich spielte damals den Familienvater, der seine Frau, die beiden Kinder und den Hund am Sonntag an einen schönen Ort bringt.

Etwas Geduld und auch etwas Vertrauen braucht es schon, wenn man den gelben Wanderwegzeichen folgt, die einen durch gleichförmige Wohnblockgegenden lotsen. Vom Trottoir dampfen immer wieder frische Asphaltstreifen, mit welchen Risse übertüncht sind, nach einer Weile hole ich die Arbeiter ein, von denen einer mit einer Stange langsam ein Kästchen über den Boden führt, in das der andere ebenso langsam den heißen Asphalt gießt. Später komme ich an einem Spielplatz vorbei, wo viele junge Frauen in der Sonne sitzen und ihren Kindern beim Spielen zuschauen, während sich gerade ein Lastwagen klirrend den Inhalt der Glassammelcontainer einverleibt.

Dann aber endlich die Abzweigung in den Wald. Er verspricht Erholung, Entspannung, Beruhigung. Seine Nachricht an uns: Es gibt mehr Bäume als Häuser. Doch außer mir will sich heute kaum jemand entspannen. Einmal begegne ich einer Frau, die ein Kind auf einem Pferd neben sich herführt. Die Frau grüßt mich lächelnd, das Kind, mit Helm und Stiefeln als Reiterin ausgerüstet, blickt sehr ernst auf den Weg.

Ein Bächlein kommt mir entgegen, sein Plätschern empfinde ich als frühlingshaft, obwohl es im Sommer bestimmt genauso plätschert. Nach einem längeren Anstieg stehe ich vor dem Egelsee, er liegt, halb Traum, halb Märchen, in einer Talfurche zwischen einem Abhang und einer Geländeschulter. Zu meiner Überraschung ist er noch größtenteils zugefroren. Zwei Enten marschieren gerade vom einen Ufer zum andern. Ich glaube, sie würden lieber schwimmen. Klein ist er, aber sehr tief soll er sein. Das Uferschilf ist höher als ich. Dort, wo ich den Zufluss erwarte, geht der See in ein kleines Moor über. Man hat ihn und seine Umgebung zum Naturschutzgebiet erklärt, und nun gehe ich an steilen Hängen entlang, neben mir öffnet sich eine Senke, in der gestürzte Baumriesen kreuz und quer daliegen, ein erratischer Block, mit Moos überzogen, träumt von seiner Reise aus den Alpen hierher; als ich aus dem Wald trete, liegen diese im Dunst und sind nicht zu erkennen. Das Restaurant »Hasenberg«, an dem eine japanische Flagge flattert, ist nicht geöffnet, es spricht englisch, »closed« sagen seine Schilder, zwei Behinderte aus dem Heimgelände daneben rufen mir verstümmelte Worte zu, und so dauert es noch eine halbe Stunde, bis ich meinen wachsenden Durst in einem Restaurant neben der Bahnhaltestelle Mutschellen stillen kann, einem Restaurant, das mit Sheriffplakaten, Sporenstiefeln, Cowboyhüten, Winchesterflinten und alten Coca-Cola-

Tragkörben amerikanischer ausgestattet ist als jedes Restaurant in Amerika.

Auf der Fahrt mit der Bremgarten-Dietikon-Bahn lese ich in einem zerfledderten »Blick«, dass unser Starmeteorologe in Deutschland in Untersuchungshaft sitzt.

Beim Umsteigen im Bahnhof Hardbrücke kaufe ich einem Arbeitslosen, den ich kenne, eine Straßenzeitung ab und erfahre, dass die Langhornbiene zum Tier des Jahres erklärt wurde.

23.3.2010

Kirchgang

Nach einem winterkalten und trüben Tagesanfang hat sich die Sonne durchgesetzt. Nachmittags um fünf Uhr gibt es in der Augustinerkirche eine Karfreitagsmette, die ich besuchen möchte.

Sollte man zur Kirche nicht zu Fuß gehen? Die Augustinerkirche ist im Stadtzentrum, ich wohne in Oerlikon. Wir sind durch die Regelmäßigkeit des Tram- und Busverkehrs so verwöhnt, dass uns das Distanzgefühl innerhalb der Stadt zu entgleiten droht.

Etwas über eine Stunde wird es schon sein, denke ich, und breche um zwanzig vor vier auf. Das Aprikosenspalier am Nachbarhaus blüht verschwenderisch, eine Amsel ist zu hören, und aus jedem zweiten Garten senden Forsythien ihre gelben Lichtstrahlen aus. Die Zeichen stehen auf Frühling und auf Feiertag, schon leere Parkplätze haben etwas Besinnliches.

Einer virtuellen Diagonale entlanggehend, der ich nach dem Prinzip »eine Straße rechts, eine links« zu folgen versuche, komme ich an Schrebergärten vorbei, in denen ausgerupft, umgestochen und eingepflanzt wird, passiere den jüdischen Friedhof Steinkluppe, der hinter dem stets geschlossenen Tor vor sich hin dämmert, und dann bin ich bereits in Straßen, die ich nicht kenne.

Auf einer davon treffe ich, am Arm seiner Frau, den Stadtrat, der vorgestern nach zwanzig Jahren im Amt pensioniert wurde; ich grüße die beiden und wünsche dem sichtlich beschwingten Paar alles Gute.

Später gehe ich durch eine kleine Straße mit kleinen Häusern, vor denen Fahrräder und Kinderspielzeuge stehen, auf dem Trottoir haben die Anwohner zwei, drei lange Tische aufgestellt, auf denen noch die Reste eines reichen Picknicks zu sehen sind.

Der Fußweg an der Limmat, in den ich nun einbiege, führt eine Weile neben dem Autobahnzubringer her. Auf einer jener Metalltüren, die wie ein Geheimnis in eine Mauer eingelassen sind und doch meist nur Schalttafeln, Kabel oder Straßenunterhaltszubehör verbergen, steht die Sprayaufschrift »Feed the pigeons!«.

Über den Neumühlequai plagt sich ein unglaublich dichter Straßenverkehr. Zwei Afrikaner mit österlich bedruckten, dick gefüllten MIGROS-Tragtaschen kreuzen mich lebhaft plaudernd, sie kommen vom Hauptbahnhof her, wo man auch an Festtagen einkaufen kann. Ein anderer sitzt rittlings auf der Quaimauer und zieht aus einer ebensolchen Tasche genussvoll ein Sandwich. Ein junges Paar schaut lachend zu den Plakaten des Sexkinos »Walche« hinüber.

Beim Schiffssteg des Landesmuseums hupt die »Regula«, bevor sie ihre Fahrt zum See aufnimmt. Auf dem Limmatquai flanieren so viele Leute, dass ich meinen regelmäßigen Schritt nicht einhalten kann.

Über die Gemüsebrücke gehe ich auf der Suche nach der Karfreitagstrauer in die Altstadt hinüber, erreiche die Augusti-

nerkirche um fünf vor fünf und singe dort in der Lamentations-
liturgie so rätselhafte Verse mit wie
»Nicht Opfer willst du, sonst würd ich sie bringen,
Brandopfer sind vor dir nicht angenehm«.
Als ich nachher an der Tramhaltestelle auf den Elfer für die
Heimfahrt warte, trippeln drei Tauben erwartungsvoll um
mich herum, but I don't feed them.

2.4.2010

Zum Meer

Heute Morgen erwachte ich schon um sechs im kleinen Gästehaus unserer Freunde, denn der ganze Hang bis hinunter nach Bonassola war von leidenschaftlichem Amselgesang erfüllt. Ein Wettstreit von Solisten war im Gang, die mit Schönheit um sich warfen, um ihre Reviere anzuzeigen, und orchestriert wurden sie von der schweren Brandung des Meeres, in das sich ab und zu das Geräusch eines durchfahrenden Zuges mischte. Mit diesem Geschenk für die Ohren schlief ich wieder ein.

Am Vormittag, der bedeckt und windig war, brachten uns unsere Freunde eine Zeitung mit der verstörenden Nachricht vom Absturz des polnischen Regierungsflugzeuges in Katyn. Als nach dem Mittag der Himmel zu seiner Bläue zurückfand, die man von ihm im Frühling am Mittelmeer erwartet, brachen meine Frau und ich zu einem Spaziergang auf.

An einer Kirche vorbei, deren rosaroter Verputz blättert und deren Eingang von zwei beachtlichen Nischen mit leeren Konsolen gesäumt ist, bereit, jeden Heiligen aufzunehmen, biegen wir in ein kleines Tal ein, einer seltsamen Mischung aus trockenem Föhrenwald und üppigem Regenwald, in dem Büsche und Laubbäume von Nielen überwachsen und von Efeu umschlungen werden.

Riesige Föhrenzapfen liegen unwiderstehlich herum, wir bücken uns, lesen den einen oder andern auf und stecken ihn in eine kleine Tasche, doch die schönsten kommen erst, als diese voll ist. Beim kleinen Fußballfeld des Dorfes Montaretto zeugen Weinflaschen und Champagnerkorken von vergangenen Siegen, und an einem Hügel entlang steigen wir weiter in die Höhe, bis wir auf die ligurische Küste wie auf eine Landkarte hinuntersehen können.

Auf diese Küste bewegen wir uns jetzt zu, langsam zu einem kleinen Pass absteigend, von dem es nochmals etwas hinaufgeht, bis zu einem Aussichtspunkt, der Salto della lepre genannt wird, also Hasensprung. Der Blick geht nun auf die ganze Weite des Horizonts. Weit draußen, kurz bevor der dunkle Rand des Meeres mit den bläulichen Dunstbänken des Himmels zusammentrifft, zieht ein Frachtschiff seine Spur. Das wäre eigentlich der Ort für ein paar Bänke oder einen Familienpicknickplatz, aber da ist ein alter, baufälliger Bunker in die Erde eingelassen, in dessen Innern Orangenschalen und zerquetschte Bierdosen am Boden liegen und an den Wänden mehrmals das Wort »RITMO« als rätselhafte Parole steht.

Punta della Madonnina heißt eine Klippe, auf der eine Kapelle steht. Kann es sein, dass die kleine Madonna in den großen Stürmen die Seefahrer beschützt?

Am Strand von Bonassola erklettere ich einen Felsen, der ins Meer hineinragt, setze mich und lasse mich eine Weile vom Gefühl treiben, ich sitze auf einem Schiff, an dessen Bug mächtige Wellen zerschellen und ihre Gischt links und rechts in die Höhe spritzen. Doch, denke ich, doch, es könnte sein, wenn ich lang genug daran glaube.

Danach gehen wir eine halbe Stunde wieder den Hang hinauf. Kurz, bevor wir bei unserm Gästehaus ankommen, grüßen wir einen alten Mann, der an einem Stock daherschlurft. Er fragt, ob wir einen Spaziergang gemacht haben, und nickt anerkennend, als wir unser Ausflugsziel erwähnen.

Ich frage ihn, ob der Salto della lepre im Krieg stark befestigt gewesen sei, und er sagt, ja, dort seien Kanonen gestanden, und zwar schon im Ersten Weltkrieg, dem von 15 bis 18. Ich weiß nicht mehr, auf wen Italiens Kanonen damals gerichtet waren und warum, aber ich weiß, dass am Kirchlein von Montaretto eine Gedenktafel für sieben Männer des Dorfes hängt, die in jenem Krieg ums Leben kamen.

Dann wünschen wir uns einen schönen Abend.

11.4.2010

Schwarzbubenland

Nach der Ankunft in Nuglar, im Mekka der Kirschbäume, wird beim Gang in die berühmte Wiese oberhalb des Dorfes klar: Wir sind noch etwas zu früh für die volle Blüte der Bäume.

Dennoch stehen schon einige am Wegesrand wie die Vorgruppe des großen Konzerts und zeigen uns, wozu ihre Zweige imstande sind.

Wir gehen zum Waldrand hinauf, mein älterer Sohn und ich, und werden dann von einem handgeschnitzten Wegweiser verlockt, der die »Herrenfluh« anpreist. Die Kirschbäume ihrem weiteren Wachstum überlassend, folgen wir einem steilen Waldpfad und kommen nach einer Weile auf einem Aussichtspunkt an, der zum angekündigten Namen passt. Von einem Kalkfelsen blicken wir auf das sanfte Wellenmeer des Juras, aus dem kein Solist herausragt, den ich identifizieren könnte.

Der Weg über den Kamm ist eine kleine Gratwanderung, Föhren und unzählige Lorbeerbäume wirken seltsam südlich, ebenso das riesige Kreuz auf einer weiteren Fluh, und während des Abstiegs im Wald ein Bildstock mit einer Madonna, an einem Baum hängend, darunter ein welkes Blumensträußlein mit einer Grabkerze.

Auf dem Postplatz von Büren lassen wir den Bus nach Liestal abfahren und steigen hinauf zur Anhöhe, hinter der Seewen liegt.

Irgendwo an einem der Waldränder oberhalb des Dorfes muss das Wochenendhäuschen gestanden haben, in dem vor etwa dreißig Jahren fünf Menschen erschossen wurden. Von dieser Geschichte weiß ich fast mehr als von meiner eigenen, von der sich ebenfalls ein Teil hier abspielte. Die ersten vier Jahre meines Lebens verbrachte ich in Seewen, wo mein Vater Lehrer war, aber meine frühesten Kindheitserinnerungen haben nichts zu tun mit dem Ort, den ich vor mir sehe. Meine Mutter hörte damals Englischkurse am Radio, und ich muss mitgehört haben, denn einmal warf ich auf einem Kartoffeläckerchen einen Stein mit dem fröhlichen Ausruf »Haudujudu?« in die Höhe, der beim Herunterfallen beinahe meinen Vater traf. Und hinter dem Haus war ein kleiner Weiher, den ich mit einer Ovomaltinebüchse ausschöpfen wollte. Wo ist das Äckerchen? Im Altersheim meiner Erinnerung, zusammen mit dem Weiher, der inzwischen zum Biotop eines Einfamilienhauses geworden sein dürfte.

Der Mord wurde nie aufgeklärt, und erst kurz nach seiner Verjährung fand man die mutmaßliche Tatwaffe beim Umbau einer Wohnung in Olten hinter einem Küchenschrank. Der Sohn der verstorbenen Frau, die dort gewohnt hatte, wurde nun zum möglichen Mörder, doch er war seit Jahren verschollen. In einer Sonntagszeitung sah ich damals ein Klassenfoto, auf dem er drauf war. Den Lehrer auf dem Bild erkannte ich sofort. Es war mein Vater, der sich aber nicht mehr an diesen Schüler erinnern konnte.

Unsere Füße melden nicht nachlassende Bewegungslust, das Leben ist noch nicht zu Ende besprochen, wir brechen auf nach Grellingen. Die kleine Ebene, die wir neben einem Bach durchwandern, war früher von einem See bedeckt, welcher dem Ort seinen Namen gegeben hat und vor ein paar hundert Jahren abgelassen wurde. Etwa durch den alten, bemoosten Tunnel, durch welchen wir den Bach fließen sehen?

Die Schlucht, die auch irgendwo in der Trümmerlandschaft meines Gedächtnisses liegt, ist für die Autofahrer; den Fußgängern wird ein Aufstieg zu einem Ausflugsrestaurant empfohlen.

Dort rennt ein Schimmel laut wiehernd in einem Pferdegehege hin und her, hebt seine Beine fast tänzerisch. Noch als wir den nächsten Hügel erreichen, von dem es dann nach Grellingen hinuntergeht, hören wir seine Rufe. Sie klingen nach einer unstillbaren Sehnsucht.

18.4.2010

Neu-Oerlikon

Als wir vor mehr als dreißig Jahren von Uetikon am See nach Zürich-Oerlikon zogen, verdichtete sich an Werktagen nach 17 Uhr der Fahrrad- und Mopedverkehr auf der Hofwiesenstraße, und in den Bahnhofunterführungen wuchs die Zahl der Männer mit Jacken, Mützen und abgewetzten Mappen. In den Fabriken auf der andern Seite der Bahngeleise war Arbeitsschluss.

Heutzutage sieht man zu dieser Zeit in den Unterführungen junge Männer mit pomadisierten Haaren in tadellosen Anzügen mit Laptopetuis und zusammengeklappten Kickboards den S-Bahnen zustreben. Der Fahrradverkehr bleibt so schwach wie tagsüber, und Mopeds gibt es keine mehr. Die offene Arbeiterszene wurde aufgelöst, von der Weltwirtschaft zerschlagen, gespenstisch schnell, ich weiß nicht, wo die Arbeiter heute sind.

Von der Industrie sind nur noch Reste übrig geblieben, eine Fabrik nach der andern hat geschlossen, und heute wird ihr Schicksal von spekulierenden Großinvestoren oder von russischen Milliardären bestimmt. Innerhalb weniger Jahre ist hier ein neuer Stadtteil entstanden, den ich von Zeit zu Zeit besuche wie ein Forscher, der sich zu den weißen Flecken der Landkarte aufmacht.

Auf der Regensbergbrücke, welche die Bahnlinien quert, überschreite ich die Grenze ins neue Land, das alte Direktionsgebäude der Maschinenfabrik Oerlikon ist mit »Branding House« angeschrieben und wartet auf seinen Abriss zugunsten zusätzlicher Bahngeleise.

Von der Maschinenfabrik selbst ist noch eine große Halle übrig geblieben, die man unter dem Titel »Eventhalle 550« für Großanlässe mieten kann. In dieser Halle, in welcher seit dem Ende des 19. Jahrhunderts Stromgeneratoren von teils gigantischen Ausmaßen hergestellt wurden, die man zusammen mit dem Namen Oerlikon in die ganze Welt exportierte, dort also, wo einmal gegossen, geschweißt, gefräst, gehämmert, gebohrt wurde, findet heute eine Gesundheitsmesse statt, Besucher und Besucherinnen verlassen sie mit großen roten Taschen, auf denen steht »Fünf-Sterne-Beratung«, und schlendern zum nahen Bahnhof oder den Parkhäusern.

Gleich daneben erhebt sich ein riesiges Stahlgerüst, an dem Kletter- und Schlingpflanzen hochgezogen werden, so dass sie im Sommer Schatten spenden, man hofft, dass sie einmal die darunterliegende Fläche mit Bänken und einem Weiher gänzlich überdachen sollen. Jetzt sitzen einige wenige Menschen da, allein oder zu zweit.

Die neu entstandenen Wege und Straßen tragen meistens Namen von Künstlern, die in irgendeiner Beziehung zu Zürich standen oder wenigstens hier gestorben sind, über die Ricarda-Huch-Straße und den Mascha-Kaléko-Weg komme ich zum »Hongkong Food-Paradise«, das heute, sonntags, geschlossen ist, und gehe weiter zum Park mit dem Turm. Ich mag diesen Turm wegen seiner Sinnlosigkeit, man steigt über eine Wendeltreppe hinauf und sieht dann von oben ein bisschen in die reizlose Runde.

Der Park wartet noch auf seine Geschichte, seine jungen Bäume sind alle militärisch in Kolonnen aufgereiht, auch auf ihnen ruht die Hoffnung, sie würden einmal so groß, dass sich ihre Kronen zu einem Laubgewölbe verdichten. Ein großer Teil der versunkenen Arbeitswelt hat sich in eine Wohnindustrie verwandelt. Auf den Dächern zweier Blöcke steht eine kleine Armee von Sonnenkollektoren, nach Süden gerichtet, ebenso auf den Dächern des neu errichteten Birchschulhauses. Unten sitzen und liegen ein paar Leute auf Bänken. Auch sie sammeln Sonne. Überraschend viele lesen ein Buch. Ich suche nach Unregelmäßigkeiten in der Überbauung und finde keine.

Ein leerer Eisteekarton, aus dem noch das Röhrchen schaut, liegt auf der obersten Treppe. Ich lese die Packung auf und werfe sie nach dem Herunterkommen in einen Abfallkorb. Der Ordnungsgedanke hat mich infiziert.

Auf dem Sportplatz neben dem Schulhaus spielt ein Junger mit einem Ball, den er in den Korb hinaufwirft. Vor dem Fußballtor steht eine kleine Mannschaft in Trainingsanzügen und konzentriert sich, die Hände auf Gesichtshöhe erhoben. Erst als sich die Spieler auf die Knie niederlassen und sich gegen Osten verneigen, sehe ich, dass es betende Muslime sind.

25.4.2010

Luzern

Aus dem Bahnhof tretend, empfängt uns nach dem Überqueren des Fußgängerstreifens ein Triumphbogen, durch den wir mit erhobenen Häuptern schreiten. Es ist das alte Eingangsportal, welches nach einem Großbrand vor vierzig Jahren hierhin versetzt wurde.

Ein kleiner Triumph über die Zeit ist es, den wir feiern, mein Vater und ich. Vor zwei Jahren sind wir zusammen durch Basel gebummelt, vor einem Jahr durch Bern, und jetzt, an einem vorsommerlich warmen Sonnentag, sind wir in Luzern.

Wie erwartet, steht nun die Kapellbrücke da, diese lange gedeckte Holzbrücke, die mitten in der Reuss durch den Wasserturm zusammengehalten wird. Dieser Turm, so las ich kürzlich, sei das meistfotografierte Bauwerk Europas. Das kann jeder sagen, denke ich, mache aber dann ebenfalls ein Foto meines Vaters mit dem Turm im Hintergrund.

Wir schlendern am Theater vorbei und treten in die Jesuitenkirche ein, ein Bauwerk, für das die Kunstgeschichte das Wort »barock« bereithält, das aber zurückhaltender und bescheidener ist, als die Bezeichnung vermuten lässt.

Auf der Spreuerbrücke, der zweiten gedeckten Holzbrücke,

gehen wir dann unter einer Reihe drastischer Totentanzdarstellungen über die Reuss hinüber in den alten Teil der Stadt, kommen an schwer verständlichen Räderwerken historischer Mühlensysteme vorbei, an alten Confiserien und neuen Modeboutiquen und erreichen schließlich den Löwenplatz.

In einem Turmbau zeigt ein Panoramabild die Entwaffnung der Bourbaki-Armee durch die Schweizer im Winter 1871; vor der Leinwand, die den Besucher kreisförmig umgibt, ist die Szene mit Figuren nachgestellt, ein echter Güterwagen mit echtem Stroh steht da, der nächste ist schon gemalt, ein Haufen Gewehre mit Bajonetten türmt sich auf, der nächste Haufen ist schon gemalt, vor uns sitzen »echte« Soldaten um einen Kessel mit Suppe herum, die nächste Gruppe sitzt auf der Leinwand. Wie kann man nur so gut malen? Edourd Castres, der Hauptmaler, hatte zehn Maler angestellt, einer davon war der junge Ferdinand Hodler.

Später das Löwendenkmal. Ein sterbender Löwe, aus einer Felswand herausmodelliert, erinnert an den sinnlosen und schmachvollen Tod der königlichen Schweizergarde, welche 1792 die Französische Revolution zu verhindern suchte. Treu seien sie, die Schweizer, sagt eine Inschrift. Wem, sagt sie nicht. Dann erscheint eine japanische Reisegruppe, die Teilnehmer fotografieren sich gegenseitig in immer neuen Kombinationen in immer neuen Posen, viele zeigen auf den Löwen, als hätten sie ihn erlegt.

Ein Bus bringt uns zu meinem jüngeren Sohn, der hier bei einer Fachzeitschrift arbeitet, er zeigt uns die Arbeitsräume und stellt uns den Mitarbeitenden vor, die grad da sind. Die eigentliche Sehenswürdigkeit ist mein Vater mit seinen 94 Jahren.

Nach einem Mittagessen zu dritt in einem Gartenrestaurant fahren wir mit dem Bus zur Hofkirche. Der heilige Leodegar erwartet uns schon an der Türe mit einem Bohrer in der Hand, dem Werkzeug, mit dem er geblendet wurde. Später, beim Gang über die Kapellbrücke, folgt ein Enthauptungsbild dem andern, bis die ganze thebäische Legion samt dem zweiten Stadtheiligen Mauritius dahingeschlachtet ist. 1993, ich erinnere mich gut, brannte die Kapellbrücke fast vollständig ab, mit ihr viele der Bilder. Manche wurden kopiert und wieder aufgehängt, einige Spickel sind aber immer noch bilderlos brandschwarz, zur Erinnerung an die Nacht des Feuers. Luzern war fassungslos. Eine Zigarette soll schuld gewesen sein, eine einzige Zigarette. Rauchen ist tödlich.

Um den Wasserturm kreisen Alpensegler, mit langen, schrillen Schreien.

29.4.2010

Maibummel

Der Sommer ist in Sicht, wir brauchen neue Klappstühle für den Balkon, und aus Holz sollen sie sein, nicht aus Kunststoff, deshalb will ich zur großen schwedischen Möbelkette mit den vier gelben Buchstaben auf blauem Grund.

Die nächste Niederlassung befindet sich in Dietlikon, einem der schwer definierbaren Orte des Klumpengürtels, der Zürich einschnürt, ich bin früher schon einmal mit dem Auto hilflos daran vorbeigespült worden, die vier Buchstaben leuchteten ebenso verheißungsvoll wie unerreichbar hinter den Leitplanken der Autobahn. Wenn ich zu Fuß dahin will, muss ich mich, so zeigt mir die Karte, von Dübendorf heranpirschen.

Ich gehe also zum Hallenstadion hinunter, an der Drogenanlaufstelle vorbei, vor welcher vier nicht mehr junge Männer rauchend warten, unterschreite dann die Eisenbahnbrücke, dahinter recken sich zwei riesige gelbe Krane in den Himmel, und dann folge ich dem Bahndamm. Unschwer widerstehe ich dem Würstchenduft der Imbissbude »Parkhausgrill« hinter den »Sunrise Towers«, lasse den Kamin der Kehrichtverbrennungsanlage links stehen und rauchen, komme zur Glatt, dem tapferen kleinen Fluss, der sich vom Greifensee her seinen Weg bahnt, ein Naturdarsteller, der durch das Fegefeuer der Agglomeration getrieben wird, bevor ihn der Rhein erlöst.

Der nächste Leuchtturm auf dem Weg nach Skandinavien ist der dampfende Kamin des Fernheizwerkes, von dem es nun eine längere Strecke glattaufwärts geht, auf einem Weg zu Füßen der Autobahn.

Bis Dübendorf zähle ich drei Entenfamilien mit fünf bis sechs Jungen, alle schwimmen gegen die Strömung, bei den kleinsten schwimmt die Mutter dicht hinterher, damit keines weggetragen wird, die Entchen tauchen ihre Schnäbel von Zeit zu Zeit in die großen Büschel des Wassergrases, das im gut gedüngten Wasser so reichlich und nährend wächst. Dass das Gras flutender Hahnenfuß heißt, wissen sie nicht, ich wusste es bis vor kurzem auch nicht.

Eine lange Betonunterführung für mich und die Glatt mache ich durch einen Naturjodel mit Dreiklängen und Halbtonschritten für Momente zum Felskessel, dann werde ich vom Ufer weggedrängt, es buhlen Office World, prodega, Pfister, mobitare und Wohnland um mich, hier, wo ich auf keinen Fall wohnen möchte. Die Wanderwegzeichen versagen, und durch eine gänzlich unübersichtliche Überlandstraßenverschlingungslandschaft muss ich mich wieder an die Glatt zurückkämpfen.

Bananengeschmack liegt plötzlich in der Luft, die Firma Givaudan stellt hier ihre künstlichen Duftnoten her. Eine Bushaltestelle ist mit »Memphis« angeschrieben. Nun verlasse ich den Fluss. Hinter Dübendorf eine Generalpause, ein kleiner Wald. Der Regen, der in den letzten fünf Tagen fast ununterbrochen fiel, macht das Maiengrün noch grüner, es ist, als ob den Augen eine Erfrischung gereicht würde.

Das Kriegsgeschrei, das man die ganze Zeit im Hintergrund

hört, wird lauter, und der Fußweg führt durch einen Tunnel unter der Autobahn durch, nach Dietlikon. Zwischen Aldi, Jumbo und Qualipet steht eine Frau mit einem Kind, die ich nach den vier Buchstaben frage, es stellt sich heraus, dass sie selbst auf der Suche nach ihnen ist. Zwei fröhliche junge Mädchen zeigen uns schließlich die lange Straße, an deren Ende Schweden liegt.

Zwei Stunden nach meinem Aufbruch trete ich ins blaugelbe Reich ein und suche mir in der großen Selbstbedienungshalle zwischen ausgestellten Gartenmöbeln, die Namen wie Bollö, Arvinn oder Äpplarö tragen, vier Klappstühle aus Akazienholz aus, die so schwer sind, dass ich sie nachher in ein Taxi verlade und damit nach Hause zurückfahre. Erst beim Auspacken mache ich die üble Entdeckung, dass ich die Sitzfläche selbst ans Gestell befestigen muss, mittels eines Schraubensets in einem verschweißten Säcklein.

Die Montageanweisung liegt bei.

7.5.2010

Die Reuss

Mitte Mai, und tagelange Regenfälle, unwirtliche Temperaturen und schwarzgraues Geschmier am Himmel – wohin also? Zu einem der Regenwassersammler, zu einem Fluss. Nach Bremgarten fahren wir und steigen dort zur Reuss hinab, die auf der Flucht vor dem Vierwaldstättersee durch das Freiamt der Aare zueilt. Zwei Mauern längs des linken und des rechten Ufers lenkten früher wohl Teile des Flusses auf Mühlen, die längst nicht mehr vorhanden sind, und dazwischen schießt, stürzt und strudelt das Wasser unter einer Holzbrücke durch. Braun ist es, denn es hat Erde gefressen, ab und zu ragt ein vorbeitreibender Ast wie ein Ertrinkender zur Wasseroberfläche hinaus.

Unterhalb des alten Städtchens, dessen Häuser noch heute eine Stadtmauer bilden, entscheidet sich der Fluss nochmals anders und kehrt in einer Schlaufe zurück, um sich den Hinterteil Bremgartens anzusehen und sich erst dann wieder davonzumachen.

Wir brauchen einen Moment, meine Frau und ich, bis wir den Einstieg zum Flussuferweg finden, sprechen ein anderes Paar an, das auf dem Parkplatz aus einem Auto steigt und durch die Frage, wo der Wanderweg nach Mellingen beginne, in Verlegenheit gerät und mit Ausflüchten antwortet. Dann aber gehen wir auf einem Fußweg, der zunächst an terrassierten Gärten und bärlauchübersäten Waldhängen vorbei oder durch Buchenhaine und plötzliche Feldstücke mit Kirchtürmen im Hintergrund an diesem Fluss entlangführt, welcher sich abwechselnd wie ein Wildbach gebärdet oder den Strom spielt, mit dem er sich später zusammentun wird. Er zieht, er quirlt, er stößt Blasen auf, er kräuselt sich, er tändelt, er wirbelt, er spritzt, er transportiert Niederschläge von höheren in tiefere Gegenden, gibt unterwegs von seinem Himmelsabfall den Uferbäumen ab, die statt auf trockener Erde in Tümpeln stehen oder mit ihren ausladenden unteren Ästen ins Wasser greifen, als wollten sie dessen Geschwindigkeit dämpfen. Und dieser Lärm beim Fließen, so viel Aufhebens um eine einfache Aufgabe, bei der auf die Hilfe der Schwerkraft Verlass ist; wenn die Ufer den Fluss zusammenpressen, zwängt er sich grollend und gurgelnd durch die Enge hindurch.

Schaudernd sehen wir einen Vater mit seinem Kind im Paddelboot durch die Fluten gleiten und hoffen, die Reussgöttin verlange heute keine Opfer.

Die Mittagspause legen wir bei einem Abschnitt ein, in dem man vor ein paar Jahren die Natur noch natürlicher gemacht hat, mit Entlastungskanälen, welche ihr bei der Auenbildung helfen sollen. Ein Picknick habe ich vorbereitet, gegen die Kälte ist eine Bouillon auf meinem winzigen Kocher gedacht, den ich auf einen Felsquader stelle, allerdings habe ich vergessen, Wasser mitzunehmen, und erhitze sie mit dem verdünnten Traubensaft, den wir als Getränk dabei haben, meine Frau rettet mich mit dem Ausdruck »sweet and sour«.

Waren bis dahin kaum Leute unterwegs, mehren sich nun

Menschen mit Hunden, wir erreichen einen Camping- und Wohnwagenplatz, später die Fähre nach Sulz, die wir aber nicht benutzen, ich habe Freunden, die weiter unten am Fluss wohnen, eine SMS geschickt, wir seien unterwegs, und es kam eine Botschaft zurück, sie kämen uns entgegen.

Eine blaue Tafel in der Größe einer Autobahnanzeige hängt über dem Fluss mit der Warnung an die Bootsfahrer, das Zelten auf den Gnadentalinseln sei verboten, und als wir von einer Uferschulter hinunterschauen, sehen wir die Inseln, sie stehen wie große Barken mit grünen Segeln im Strom, die für eine Weile den Anker ausgeworfen haben, um im nächsten Moment weiterzufahren.

Jetzt erscheinen unsere Freunde, ein Paar auch sie, und zusammen überschreiten wir die nächste Brücke, trinken im Restaurant Gnadental einen Kaffee, betreten dann das Zisterzienserinnenkloster, das heute ein Altersheim ist, und singen in der Kapelle der Heiligen Justa den Kanon »Dona nobis«.

Meine Frau und ich verlassen Fluss und Freunde, gehen nach Stetten zur Bushaltestelle, und während ein Storch über uns hinwegzieht, lässt der Himmel einen schweren Platzregen fallen, damit der Reuss in unserm Rücken die Arbeit nicht ausgeht.

16.5.2010

Drei Kapellen

Die erste Kapelle steht knapp oberhalb des Dorfes. Eigentlich ist es eher ein Bildstock, denn der kleine, mit Fresken geschmückte Innenraum ist mit einem Gitter abgesperrt und nicht betretbar. An einigen der Gitterstäbe sind Plastikblumen befestigt. Das Hauptbild zeigt die Mutter Gottes mit dem Jesuskind auf dem Schoß. Beide, Mutter und Kind, tragen eine Krone, und vier muntere Engelsköpfe betrachten sie aus dem blauen Himmelsgrund. Auf der linken Wand ist der heilige Barnabas gemalt, mit einer großen Feder in der einen und einem unleserlichen Pergament in der andern Hand. Er blickt zum Himmel und zum Hang über dem Dorf hoch. Ihm gegenüber steht der heilige Rochus, mit einer unheilvollen Beule am Knie, in der Hand den Stab mit dem Pestglöcklein, und zu seinen Füßen ein Hund, der ein Brot für ihn in der Schnauze hält.

Der Bergweg folgt zunächst der Mauer eines ehemaligen Weinbergs, führt an zwei, drei alten Häusern vorbei und taucht dann in einen großen Wald, in dem sich Kastanien, Eichen, Eschen und Birken den Platz streitig machen. Aus der verpappten braunen Blätterschicht am Boden stoßen Haselsträucher, Brombeeren, Ginster und Farne hervor, überwachsen und sprengen die Gemäuer der früheren Terrassierungen, ab und zu sind Hausruinen zu sehen, denen ein niederstürzender Baum den endgültigen Zerstörungsschlag versetzt hat.

Von der zweiten Kapelle aus öffnet sich ein weiter Blick über das Tal. Lotrecht unter uns drängen sich die Granitdächer von Someo, die Maggia schlängelt sich silberblitzend durch ihr Flussbett, das seit dem Bau der Stauseen viel zu groß ist für sie, weiter talauswärts verschwimmen die Orte Giumaglio und Lodano ineinander. Die Felskanzel, auf welcher die weithin sichtbare Kapelle aus dem Wald ragt, ist der richtige Ort, um über das Leben Jesu nachzudenken. Das Mittelbild zeigt Mariae Verkündigung durch den Engel, das linke Bild die Geburt im Stall, unter den Hirten findet sich auch eine Hirtin mit mädchenhaften Zöpfen, welche dem Kind in der Krippe zwei Tauben bringt, sowie ein Flöten- und ein Dudelsackspieler. Könige sind keine dabei. Gegenüber sitzt Jesus mit zweien seiner Jünger am Abendmahlstisch, Becher und Teller sind aus Holz, das Brotmesser gleicht mit seiner gekrümmten Klinge einem Kastanienmesser. Petrus zu seiner Linken wirkt konsterniert, wahrscheinlich hat ihm sein Meister gerade gesagt, er werde ihn dreimal verleugnen, bevor der Hahn krähe. Von der Decke überwacht Gott persönlich aus den Wolken heraus den Lebenslauf seines Sohnes, ein leuchtendes Dreieck hinter seinem bärtigen Haupt. Die hintere Mauer der Kapelle ist so auf den Felskopf gebaut, dass unten noch kleine Farne aus den Ritzen sprießen.

Nun steht das längste und steilste Stück des Weges bevor, den wir gehen, wenn wir zu unserer Tessiner Alphütte hochsteigen, wir überqueren Bäche, die aus engen Tälern hervorsprudeln, setzen Fuß vor Fuß auf die Steinplatten der jahrhundertealten Vieh- und Menschenstraße, und wenn wir einmal bei der dritten Kapelle sind, wissen wir, dass es nicht mehr allzu weit ist. Wieder blickt uns zwischen den Plastiksträußen an den Gitterstangen Maria tröstend entgegen, von Engeln umschwärmt, neben ihr steht Magdalena mit ihrem Salböl bereit, die heilige Teresa betet zu Gott, der auch hier von der Decke herunterblickt, der heilige Hermann betet mit, und Antonius läutet mit seinem Glöckchen an seinem langen Stab. Sie alle haben wohl durch gemeinsame Fürbitte erreicht, dass das kleine Männchen, welches neben einem gefällten Baum kopfüber dahingestreckt auf dem Boden liegt, seine Verletzungen überlebt hat, jedenfalls wird seine Heilung durch die Buchstaben G. R. bestätigt, grazia ricevuta, er hat die Gnade erhalten, und als wir uns nach einem Schluck aus der Flasche mit unsern etwas zu schweren Rucksäcken, in denen der Proviant für drei Tage mitkommt, auf den letzten Abschnitt des Weges machen, hoffen wir, dass über Pfingsten auch auf uns und all diejenigen, die sich mit dem Helikopter knatternd auf ihre Monti fliegen lassen, etwas vom Segen fällt, den dieses fromme Grüppchen den Vorübergehenden schon durch so lange Zeit hindurch erteilt hat.

21.5.2010

Sehr weit weg

Das Wunder des Fliegens hat dich nach 12 Stunden in einem fernöstlichen Land abgesetzt, in dem du nie zuvor warst, und kaum hast du dich bei deinen Gastgebern einquartiert, willst du einen Erkundungsgang machen. Etwas übernächtigt zwar, aber neugierig genug nimmst du also die Umgebungsskizze, die man dir in die Hand drückte, und marschierst los, zielbewusst, dein Ziel heißt die Fremde, und du wirst nicht enttäuscht, denn schon bald durchschreitest du eine Geruchswand aus gebratenem Meer, die sich aus einer Imbissstube quer über die Straße schiebt, und etwas später blickst du in ein winziges Restaurant mit Tischen, deren Beine etwa bei 30 cm Länge abgesägt wurden, und die Menschen, die daran mit wundersam verschwundenen Füßen speisen, sehen noch kleiner aus, als sie ohnehin schon sind, und das Polizeiauto, das sich an der nächsten Kreuzung bei roter Ampel wagemutig in den fahrenden Verkehr wirft, tut dies mit einem Sirenenton, der dem Aufheulen eines Raubtiers gleicht.

Schon ins erste Café trittst du ein, siehst mit Verwunderung, wie alle mit Karte zahlen und auf einem Bildschirmchen unterschreiben, du hingegen begleichst deinen Kaffee und die

Süßigkeit mit einer Banknote, auf welcher der Erfinder des Alphabets abgebildet ist, das du vor deiner Reise zu lernen versuchtest. Immer wieder bleibst du auf der Straße stehen und spähst nach einer Aufschrift in lateinischen Buchstaben, um sie mit den asiatischen Runenlettern daneben zu vergleichen, Seoul erkennst du bereits, auch Samsung ist leicht, während du bei Tosötö etwas länger brauchst, um die Verbindung zu Toast herzustellen. Du bist gleichermaßen beglückt über alles, was fremd ist, und über alles, was dir das Fremde entschlüsselt.

Im Café hast du zwei junge Frauen gesehen, beide in Jeans, und die eine hat der andern ihre Beine erklärt, hat mehrmals über ihre Hosen gestrichen dabei, in den Straßen wimmelt es von schönen Frauen, Minijupes tragen sie und balancieren auf bestürzend hohen Absätzen, im Park des alten Königspalasts sind einige in alten Kostümen unterwegs, die sich in verschiedenen Körperhaltungen vor den Palastgebäuden fotografieren lassen.

Die Thronhalle mit ihrem leicht gekrümmten Giebel steht da wie das gesattelte Pferd eines Giganten. Vor einem mannshohen Topf mit kunstvollen Verzierungen steht ein Herr mit dem Handy am Ohr, der zum Gespräch ratlos die Ornamente studiert. Sie sind ihm so fremd wie dir. Woher weißt du überhaupt, dass sich die Menschen hier nicht auch fremd fühlen, im Park kauern zwei gut angezogene ältere Männer neben dem Weg, klug blicken ihre Augen hinter den Brillengläsern hervor, sie sehen aus, als unterhielten sie sich über Vergangenes, über untergegangene Königreiche, oder ihren eigenen Untergang.

Auf einer Parkbank sitzen zwei schöne junge Frauen in Jeans, und schon wieder erklärt die eine der andern ihre Beine, während dir scheint, auf dem riesigen Platz mit der Stadthalle ziehe eine Blechmusik vorbei, mit Pauken und Schellen, und direkt hinter dem Tor ein Hochhaus, auf dem über mehrere Stockwerke ein Gillette-Rasierapparat gemalt ist. Draußen vor der langen Mauer, über die man nicht in die königliche Parklandschaft hineinblicken kann, die alte Frau, die am Boden sitzt, auf einem überaus kleinen Ofen Waffelteig flüssig macht und dann die Waffelform draufdrückt, ein junges Paar kauft sich je eine und geht lachend davon.

Du wagst nicht, schon am ersten Tag eine Straßenwaffel zu essen, aber ein Buch hast du dir erstanden, im Souvenirshop des Parks, ein leeres, unlinertes Buch mit silbernen Pflanzen und Vögeln auf dem Umschlag, denn das Buch, in dem du deine Träume aufschreibst, ist auf den letzten Seiten angelangt, und im Zurückgehen spürst du das leichte Gewicht in deiner Tragtasche und bist gespannt, welche Träume Korea für dich bereithält.

28.5.2010

Zu den Tempeln

Es ist unglaublich, wie viele Hochhäuser es in Korea gibt, und fast überall bilden Berge ihren Hintergrund. In geschlossenen Reihen stehen sie da, die Hochhäuser, als seien sie gerade über die Berge geschritten, wie Truppen einer Armee. Sie tragen Nummern an den Kragen der obersten Stockwerke, 105, 106, 107, und man ahnt, dass hinter den Bergen neue Truppen bereitstehen, 212, 213, 214, manchmal schauen ihre Dachtürme bereits über die Horizontlinien. Mein Begleiter von heute und seine Frau, beides Hochschuldozenten, sagen mir, in ihrem ganzen Freundeskreis gebe es niemanden, der nicht in einem Hochhaus wohne, so wie sie selber auch.

Und nun fahren wir in die Berge, ein langes, gewundenes Tal hinauf, doch als wir den Wagen auf dem Parkplatz stehen lassen, gibt es nirgends mehr Hochhäuser, und ein Wildbach umspült in einem Laubwald mächtige Felsblöcke. Wir folgen einem Fußweg talaufwärts, und bald begegnen wir den ersten Bewohnern des Tales, steinernen Riesenschildkröten, die hohe Stelen mit verwitternden Aufschriften tragen. Gelassen nehmen sie seit Hunderten von Jahren die Parade der Menschen ab, die auf dem Weg zu den Tempeln an ihnen vorbeiziehen.

Rhythmische Schläge an ein Klangholz ertönen vom Bach her, zwischen den Stämmen sind orange Gewänder zu erkennen.

Unter das erste Tor tretend, sehen wir am oberen Ende einer langen Treppe schon das zweite Tor, hinter dem der große Platz vor den Haupttempeln liegt.

Feine Glöckchen baumeln an einer Säule und werden durch den leichten Wind angeschlagen. Aus dem oberen Tempel strömt Mönchsgesang, die Treppenstufen werden immer weniger menschengerecht, drei Mönche treten aus dem offenen Portal, ihr Singsang zieht ein paar schwarz gekleidete Menschen nach sich, die das gerahmte Foto einer Frau tragen, hinter ihnen her hastet ein junger Mönch, fast ebenso verwirrt wie die Trauerfamilie, die in gezwungen feierlichem Gang von den drei Vorsängern in einen Nebentempel geleitet wird.

Der Ungläubige mag der Einladung, Buddha in verschiedenen Größen und Posen zu begegnen, nicht so recht Folge leisten, hat auch eine gewisse Scheu den Andächtigen gegenüber, die sich zum Teil unablässig vor den Statuen verneigen, zudem liegt der Hauptgrund, der ihn hierher gezogen hat, auf einer höher gelegenen Terrasse, die über die nächsten Steilstufen erklommen werden muss.

In zwei langen Gebäuden werden Zehntausende von Holzdrucktafeln aufbewahrt, auf denen die Lehren Buddhas festgehalten sind. Über viele Jahre haben Scharen von Schreibern die Schriftzeichen des Werkes spiegelverkehrt geschnitzt. Durch Wandgitter zirkuliert die Luft und erhält das Holz seit 750 Jahren frisch und unversehrt, und durch diese Gitter blickt auch der Ungläubige gern auf die großen Regale, auf denen Tafel neben Tafel steht, jede mit einer Nummer versehen, und als er sich umdreht und auf das bewaldete Tal und die Tempelgiebel und die Berge ringsum blickt, ist er auf einmal doch zum Gläubigen geworden. An die Kraft des menschlichen Geistes glaubt er, des Geistes, der schon lange vor den digitalen Zeiten fähig war, Zeichen festzuhalten, die ihm sein Leben und die Werte dieses Lebens deuten, und als ihm sein Begleiter erzählt, im Koreakrieg habe ein Pilot der koreanischen Luftwaffe von den Amerikanern den Befehl erhalten, das Kloster zu bombardieren, weil darin kommunistische Partisanen vermutet wurden, doch der Pilot habe sich geweigert, das zu tun, kann sich auch der Ungläubige verneigen, zweimal vor den Gebäuden mit der Holztafelbibliothek und einmal vor dem Piloten, dank dem sie erhalten blieben.

3.6.2010

Die alte Straße

Zwei Wanderer mit einem Hund steigen im Bergdorf aus, in dem heute eine große Beerdigung stattfindet. Wie sie gestern gehört haben, sind zwei Männer bei Forstarbeiten ums Leben gekommen, als der Waldweg, über den sie mit ihrem Geländewagen fuhren, abrutschte und sie beide in die Tiefe stürzten. Die Trauer im Dorf ist mit Händen zu greifen. Die Häuser stehen schuldbewusst da, die Kirche sieht nicht aus, als ob sie Trost geben könnte, eine Gruppe von Menschen wartet tatenlos bei der Post, ein Mann, den die beiden grüßen, grüßt ernst zurück, und sein Blick prüft sie, ob sie wohl die Nachricht schon vernommen haben.

Sie wenden sich nun talaufwärts, und als sie die alte Straße gefunden haben, die in den letzten Jahren wieder begehbar gemacht und bereits mit Preisen gewürdigt wurde, lassen sie den Hund von der Leine, der sogleich mit langen Sätzen vorauseilt, immer wieder stehen bleibt und den Kopf zu ihnen wendet, voller Unverständnis für die Langsamkeit seiner Herren.

Es ist eine plötzliche Wärme aufgetreten, die den Schnee, der in der Höhe noch reichlich lag, zum Schmelzen brachte, und der Fluss auf dem Talboden, einer der zahlreichen Rheine

Graubündens, führt mehr Wasser, als man ihm zutraut, die Fassung weiter oben, die ihn durch einen Stollen in den Stausee lenken sollte, vermag ihn bei weitem nicht zu schlucken. Aus einem Seitental erhält er nochmals gewaltigen Zustrom, ein Wasserfall ergießt sich über eine Felsstufe in einen zweiten, bevor dieser seine Last dem Hauptfluss übergibt. Die wiederhergestellte Brücke der alten Straße bringt uns durch die Schlucht, das Tosen ist ohrenbetäubend, als wollte sich das Wasser da unten den Platz streitig machen auf der ständigen Flucht vor sich selbst. Woher kommt diese Sturzkraft, diese Schmelzwucht, diese Lebensflut? Vielleicht sollte man die Trauerfeier hier abhalten, damit der Schmerz weggeschwemmt würde.

Mehrmals sei die Brücke durch Steinschlag zerstört worden, lesen die Wanderer, beeilen sich, sie zu überschreiten, und stehen bald auf einer weiteren Brücke, einem alten, gewölbten Steinbau, unter dem das Restwasser des Stausees dem wütenden Wildwasser übergeben wird. Gleich hinter dem Brückenkopf markiert ein Stein die Grenze zu Italien, dem man dieses Seitentälchen im Tausch gegen die Staumauer abgetreten hat; der gestaute See liegt auf italienischem Gebiet, aber die Mauer, die durch einen hiesigen Konzern gebaut wurde, wollte man doch in Schweizer Hand haben, wer weiß, was das italienische Wasser vorhat.

Da die neue, befahrene Straße ein Stück weit auf dem Trassee der alten gebaut wurde, ließ man den Wanderweg einige Capricen durch den Wald machen, bevor er in den sanften breiten Talboden mit dem ersten Weiler der nächsten Gemeinde mündet.

Ein kleines Picknick ist fällig, auf einem großen, flachen Stein, auch für den Hund ist etwas da, etwas Gepresstes, das einer Wurst ähnlich sieht, bevor wieder ein Wegstück von hoher Dramatik kommt, am Fuß einer Felswand, mit einer Treppeneinlage, die dann in den nächsten breiten und sanften Talboden mit dem nächsten Weiler der Gemeinde übergeht.

Auf dem Weg zur Bushaltestelle begegnet ihnen die Mutter des ehemaligen Gemeindepräsidenten, die ihr jüngstes Enkelkind im Wagen spazieren führt. Die Eltern, sagt sie, während der Hund sie und den Kinderwagen beschnuppert, seien zur Beerdigung gegangen, sie hätten die beiden gut gekannt, vor allem den Älteren, und beide hätten Familie gehabt, auch der Jüngere, und seufzend sagt sie, so ist es eben, man weiß nie, wie's kommt.

10.6.2010

Matinee

Sonntagmorgen. Die Glocken der reformierten Kirche Oerlikon stellen mit ihrem Geläute eine Art Magnetfeld her, das die Menschen aus der Umgebung zum Gottesdienst ziehen soll. Auf der Regensbergstraße sehe ich weiter vorn zwei Grüppchen der Kirche zustreben; ein älterer Mann, auch schon im pastoralen Sog, lächelt mir erkennend und glaubensbrüderlich zu, doch ich schlage verstohlen eine andere Richtung ein.

Es ist ein Konzert, das mich anlockt, in der alten Mühle Hirslanden, veranstaltet vom Geigenbauer, dem ich jeweils mein Instrument zur Pflege bringe, und ich will zu Fuß dorthin. Die Anziehungskraft des Konzertes ist in Oerlikon noch nicht zu spüren, ich muss mein eigenes Navigationssystem einschalten, um dorthin zu gelangen.

Der kirchlichen Gravitation entkommen, gehe ich an einer Villa vorbei, die in einem übergroßen Park gefangen ist, die Zäune aus Eisenstäben sind mit metallenen Wänden zu einer Art Festungsmauer verbunden, zu hoch, um darüber hinweg ins Innere des Geheimnisses zu blicken. Ein Mauervorsprung lädt mich ein, hinaufzusteigen, und tatsächlich gelingt mir ein Blick über den oberen Rand der Absperrung in das verwilderte

Grün und die alten Bäume, und ganz zuhinterst steht, wie es sich für einen totgesagten Park gehört, eine Statue, ein steinerner Gast. Ich weiß nicht, wer hier wohnt oder ob da noch jemand wohnt, hüpfe vom Vorsprung hinunter und nehme die Fährte nach Hirslanden auf. Eine strenge Kirchgängerin kommt mir entgegen, wir grüßen uns nicht, ich gehe zum Tramdepot Irchel, hier beginnen oder enden die Hänge des Zürichbergs; eine gebeugte Frau trippelt behutsam aus dem Altersheim Oberstrass hinunter, die Bushaltestelle, die sie wohl lieber benutzt hätte, wurde kürzlich aufgehoben, aus Gründen der Fahrplanstraffung.

Die Hadlaubstraße zieht sich wie ein Meridian am Zürichberg entlang, ich habe sie mir als Leitlinie vorgenommen und durchschreite sie nun mit schleunigen Schritten, denn es scheint mir, ich habe die benötigte Zeit etwas zu knapp eingeschätzt. Hier sind die Villen nicht verborgen, stattliche Häuser links und rechts, mit Rosenspalieren und weißen Büschen, die über die Zäune hängen und unter denen die abgefallenen Blüten wie schmelzende Schneeflecken liegen. Durch die Lücken zwischen den Gebäuden blitzt von unten der Zürichsee. Ein Mann steht wartend neben einem Auto mit einer vierstelligen Nummer und raucht eine Zigarette, eine Frau geht gelangweilt hinter ihrem Hund an der langen Leine her, es ist nicht ganz klar, wer hier wen spazieren führt.

Nach der Klinik Bethanien endet der Meridian, und ich muss mir einen neuen suchen, ich wähle, nachdem ich an der Kirche Fluntern vorbei bin, die Bergstraße, komme an einem Hare-Krishna-Tempel vorbei zu einer Tankstelle, vor der gerade ein Oldtimerbus des Grand Hotel Dolder gewaschen und poliert wird. Gerne sähe ich einmal, welche Gäste die putzigen Sitze benutzen, wenn er in Betrieb ist.

Am Klusplatz, den ich nach einer Stunde überquere, weiß ich, dass ich mein Ziel rechtzeitig erreichen werde. An der Hofackerstraße, welche hier abbiegt, war der Musikraum, in welchem ich früher meine Cellostunden hatte, bei Hans Volkmar Andreae, einem Schüler von Pablo Casals, aber mein innerer Stadtplan hält mich an, der Straße nach Witikon zu folgen bis in einen Ausläufer des Zürichbergwaldes, dort gibt es einen Fußweg durch das Stöckenbachtobel hinunter, über den Joggerinnen in eng anliegenden Gewändern huschen, einem Bach entlang, der stark genug rauscht, um weiter unten ein Mühlenrad anzutreiben. In der Mühle ist heute ein Geigenbauatelier, die riesige Scheune daneben wurde zu einem Quartiertreff umgebaut, und dort findet das Konzert statt. Als ich bei der Tramhaltestelle Burgwies über die Straße gehe, lächeln mir andere Menschen erkennend und glaubensbrüderlich zu, das neue Magnetfeld beginnt zu wirken, und so sitze ich nach einem anderthalbstündigen Anmarschweg unter einem wohlrenovierten Scheunendach und lausche den Klängen eines Trios aus Bratsche, Flöte und Gitarre, welche die Verschworenen, die sich hier einfanden, mit seltenen Stücken von selten gespielten Komponisten erfreuen – eine Sonntagmorgenandacht für die Ohren und für das, was hinter den Ohren liegt.

20.6.2010

Das seltsame Tal

Ein Wasserfall stiebt über eine Felswand herunter, morgens um sechs Uhr das einzige Geräusch im kleinen Tessiner Dorf. Neben der Wand windet sich ein Fußweg in die Höhe, das Rauschen wird zum Donnern, und das Donnern wird zum Krachen, beharrlich bleibt der Fels, wo er ist, und beharrlich bearbeitet ihn das Wasser, Tag und Nacht, abends und morgens.

Oberhalb der Kaskade jedoch öffnet sich ein Tal, dessen abgeschiedene Schönheit fast unglaubwürdig ist und in seltsamem Widerspruch steht zum verbissenen Kampf, den die Menschen hier ums tägliche Überleben führen mussten.

Mein Freund, der aus der Gegend stammt, zeigt mir eine Felswand, die sich oben zu einer steilen Schlucht verengt, aus der ein Wasserfall schießt. Früher seien hier Männer und Frauen an einem Seil hochgeklettert, um auf der Schulter oben zu mähen, hätten das Wildheu in große Tücher geschnürt und über die Felswand heruntergeworfen. Die Eisenhaken für das Seil stecken heute noch im Fels.

Später zeigt er mir die Splüi, Ställe, die in Höhlen unter Felsblöcken eingerichtet wurden, Käselager auch, in die man über schmale Treppen hinuntersteigt, und Behausungen, in denen die Menschen im Sommer wohnten. In die Felsblöcke schlugen sie Rinnen für das Regenwasser, so dass es in Kesseln gesammelt werden konnte. Die Blöcke sind oft so hoch wie zweistöckige Häuser und vollkommen glatt, eine Art Naturkunstwerke. Zwei davon neigen sich so zueinander, dass sie ein Dach bilden, gerade recht für einen großen Stall; eine Trockenbaumauer, um einen weiteren Felsen herumgebaut, hielt die Zugluft ab, noch liegen vor den Wänden alte Strohhaufen bereit und Pflöcke zum Anbinden des Viehs.

Aber Kühe kommen keine mehr, auch keine Ziegen und keine Schafe, nur noch Menschen wie wir, mit leichten Rucksäcken und Bergschuhen, und am Ende des Talkessels müssen wir uns über die Steine eines reißenden Baches hinüberschwindeln, denn die Brücke wurde von einer Lawine ins Wasser gedrückt, der Schuttkegel und die geknickten Bäume sind noch zu sehen, und nun steigen wir über Treppenstufen, die für Riesen gedacht sind, ein paar hundert Meter in die Höhe, bis wir uns in einem zweiten Talkessel wiederfinden, der früher eine beweidete Alp war.

Eine leere Höhlenhütte unter einem schirmenden Felsbrocken schaut uns aus ihren zwei dunklen Türöffnungen an wie die Vergangenheit selbst. Der Bach, der durch die Wiese fließt, ist von einer traumhaften Klarheit, wir trinken fast andächtig daraus und füllen unsere Flaschen auf. Dann gehen wir nochmals höher, zwischen immer kleiner werdenden Erlen und Lärchen, bis wir auf der höchsten Alp ankommen. Ich kann kaum glauben, dass hier oben wirklich Käse gemacht wurde, aber der Holzhaken für den Kessel ragt noch aus dem Querbalken, über dem Eingang ist eine durch und durch verrostete Sichel befestigt und an die Hütte lehnt sich ein winziger Stall für die Schweine. Wie die wohl die Riesenstufen hoch- und wieder heruntergekommen sind?

Mein Freund weist in die Runde und zeigt mir, wo früher überall Alpen betrieben wurden, ich schließe die Augen und versuche das Läuten der Kuhglocken zu hören, das von den Felswänden widerhallen muss. Übermächtige Stille. Die Mühsal ist aus dem Tal verschwunden, hat alles Vieh mitgenommen und nichts als diese Hütten zurückgelassen, die immer mehr den Felsblöcken gleichen.

Noch höher steigen wir, bis zu einer Krete, hinter der ein kleiner Bergsee von einem unwahrscheinlich dunklen, satten und tiefen Grün liegt, und als wir ein Stück über Schneefelder an der Krete entlanggehen, öffnet sich der Blick auf den großen See, auf dem noch schmelzende Eisschollen treiben und dessen Wasser ebenso unergründlich leuchtet.

Auf dem Abstieg dann räkelt sich mitten auf dem Weg eine Kreuzotter in der Sonne, den Hals wie ein Fragezeichen gebogen, und züngelt uns an. Mein Freund bittet sie, uns unsern Weg gehen zu lassen, versichert ihr, wir ließen ihr den ihren, und wünscht ihr einen guten Sommer. Ich schließe mich seinen Wünschen an, vorsichtshalber. Wer weiß, vielleicht ist sie die Königin des Tales?

23.6.2010

In die Öde

Wer den Tödi besuchen will, tut gut daran, sich kurz nach drei Uhr morgens von der Fridolinshütte aus auf den Weg zu machen. Er wird im Scheine seiner Stirnlampe einen Pfad suchen, der ihn schon bald zu steilen Schneehängen bringt, einer Hütte entgegen, die auf einem Felssporn errichtet wurde, als allererste alpine Unterkunft gleich nach der Gründung des Schweizerischen Alpenclubs vor 150 Jahren. Als Zeitzeugin hat man sie hiergelassen, obwohl sie nicht mehr benutzt wird. Bei ihrem Bau stand sie gleich neben dem Gletscher, der durch das Tal hinter dem Sporn kriecht. Heute muss der Tödi-Ersteiger mit Hilfe eines gut fixierten Drahtseiles durch eine rutschige Schieferwand auf den Firn hinunterklettern. Dort steht er dann, blickt zu den bizarren Eistürmen des Gletschers hinüber, hinter dem sich die grauschwarzen Felstürme von Selbsanft, Schiben und Bifertenstock erheben, und er weiß, jetzt kommt er in die Öde, die dem Berg den Namen gegeben hat, i d' Ödi.

Langsam verschafft sich die Morgenröte Platz am Sternenhimmel, und der Gebirgswanderer kann die Stirnlampe ausschalten; er geht nun, angeseilt inzwischen, über den Firn hinauf bis zur Gelben Wand, einer steinernen Bastion, die ihn noch vom Gletscher trennt. Hier wurden Ketten befestigt, Stahlseile auch, Sprossen sogar an einer leicht überhängenden Felsschulter, Pfeile wurden von den Glarner Bergführern fürsorglich auf Felsplatten gemalt, damit sich der Tödi-Sucher nicht in der Öde verliert, sondern sich willkommen und empfangen fühlt.

Das kann er auch brauchen, denn der Weg über aperes Eis und weichen Schnee, über Spalten und Schrunde, mit Steigeisen und Pickel, ist von entmutigender Endlosigkeit, und hinter jeder erklommenen Stufe erhebt sich die nächste, so dass er nach über sechs Stunden fast überrascht ist, dass hinter dem Gipfel kein zweiter Gipfel folgt. Aber das Kreuz lässt keinen Zweifel zu: Das ist er, der höchste Punkt der Glarner Berge, und da sind sie alle versammelt, die Riesen der Alpenfaltung, vom Ortler bis zum Montblanc, unter einem großen Himmel, viele davon hat er schon besucht, der Tödi-Gänger, und er weiß nicht, wie manchen er noch wird besteigen können, denn er wird jedes Jahr ein Jahr älter, und wie den Gletschern ihre Zunge, so schmilzt sein Vorrat an Zukunft.

Aber da leuchtet einer, gar nicht so weit weg, der hat sich sein schönstes weißes Kleid angezogen heute und träumt den Traum von der Pyramide, und als der Wanderer seinen Begleiter fragt, ob er den dort kenne, sagt dieser, das müsse das Rheinwaldhorn sein.

Das Rheinwaldhorn? Oh, das Rheinwaldhorn!

28.6.2010

Zum See

Es ist Nachmittag, das Thermometer zeigt dreißig Grad, und langsam schleicht sich die Hitze von draußen ein, obwohl über Nacht die ganze Wohnung mit ausgeklügelten Fensteröffnungsmaßnahmen zum Durchzugsgebiet gemacht wurde. Ich packe mein Badezeug in den kleinen Rucksack, setze meinen Panamastrohhut auf, schlüpfe mit nackten Füßen in die Sandalen und breche auf.

Zum See will ich, mehr als das, in den See, ich war erst ein paarmal im Freibad diesen Sommer, wo man nach fünfzig Metern im Becken an eine Wand stößt und vom Vergnügungsschwimmer zum Ertüchtiger degradiert wird. Aber damit ich die Erfrischung wirklich genießen kann, gehe ich von Oerlikon aus zu Fuß. Am Milchbuck treffe ich auf eine temporäre Verwüstung. Wo eben noch der Kiosk der Tramhaltestelle war, klafft eine Baugrube, Rohre, Schläuche und Kabel liegen hinter provisorischen Zäunen, Arbeiter mit nackten Oberkörpern schreien sich unverständliche Anweisungen zu, ein Bagger lässt Asphaltbrocken krachend in einen Container fallen.

Ich folge der Winterthurerstraße stadteinwärts, möglichst auf der Schattenseite, es sind nur wenige Menschen unterwegs, drei Junge treten aus dem Coop, jeder hat ein Sixpack Bier in der Hand, ein älterer Mann schlurft mit einer leeren Papiertragtasche in eine Denner-Filiale. Die Autos, die mir unablässig entgegenfahren, scheinen aus der Stadt zu fliehen, aus einigen dröhnen die Hammerschläge künstlicher Bässe.

Am Rigiplatz sehe ich in der Straßenflucht bereits die Kuppel der ETH. Mit freundlichen Gedanken gehe ich am Gebäude der ProLitteris vorbei, denn von hier aus wird mir jedes Mal Geld überwiesen, wenn Texte von mir am Radio oder am Fernsehen gesendet werden. Ich erreiche das Haus, in dem James Joyce vom Januar bis Oktober 1918 am »Ulysses« arbeitete, komme dann zur Universität, die ich vor 45 Jahren verließ, und bald danach zu einem der unglaublichsten Bäume der Stadt, einer gigantischen Kiefer, für die mir der Name Sequoia angemessen scheint. Sie steht vor dem Haus, in dem Ulrich Wille von 1884 bis 1886 wohnte, der General, der die Schweiz durch den 1. Weltkrieg führte, bis zu dem Jahr also, in dem James Joyce weiter vorn am »Ulysses« gearbeitet hat.

Nach einer Stunde bin ich am Bellevue, der See glänzt und glitzert, an meinen Fußballen beginnen sich Blasen zu bilden, das mit den Sandalen war wohl keine gute Idee.

An einem Kiosk gönne ich mir ein Vanilleeis, mit dem ich mich unter die Flaneure der Seepromenade mische. Hier fängt eine andere Stadt an.

Die Menschen sitzen auf Uferbänken, in Strandcafés, auf Wiesenstreifen, fahren mit Pedalos aufs Wasser hinaus, Paare liebkosen sich, es wird Gitarre und Banjo gespielt, Gruppen von Farbigen sitzen um einen rappenden Ghettoblaster, von Ufersteinen steigt ein feines Haschischräuchlein auf, buddhistische Erleuchtete wiegen sich in ihrem Singsang. Kleinkindern werden die Sonnenhütchen zurechtgerückt, es wird gepicknickt, geplaudert, geschwommen, bei einem Brunnen, von dem ich trinken will, muss ich anstehen wie vor einem Bancomat.

In der Villa Egli, diesem schottischen Gespensterschloss aus dem 19. Jahrhundert, habe ich selbst gewohnt, von 1965 bis 1967, früher war in den Parterreräumen eine Ballettakademie untergebracht, ich will einen nostalgischen Blick hineinwerfen, aber die Eingangstür ist abgeschlossen. Weder der Chinagarten noch Tinguelys Heureka-Maschine vermögen mich noch vom Strandbad Tiefenbrunnen abzuhalten, ich ziehe in den neuen Garderoberäumen meine Badehose an, durchschreite die liegende, gebräunte Männerlandschaft und steige dann Schritt für Schritt in den See hinein, der sich hier bis zur Kulisse der Glarner Alpen weitet und als kühles Versprechen vor mir liegt. Während ein Passagierschiff seinen heiseren Warnruf ausstößt, beginne ich den gelben Bojen nachzuschwimmen, die wie Wanderwegweiser aus der Seeoberfläche ragen, und beende so in der Waagrechten meinen Gang durch die Stadt, bis ich am andern Ende des Strandbades leicht fröstelnd an Land gehe und mir sage, es gebe nichts Schöneres als Frieren.

8.7.2010

Der Hausberg

Dort, wo das Seitental vom baumlosen Hochtal abbiegt, steht das Haus. Der die beiden Täler trennt, ist der Berg. Jedes Jahr, wenn ich im Haus bin, ersteige ich ihn. Er erhebt sich hinter einer breiten grünen Grasflanke als gleichschenkliges Dreieck. Sein Gipfel ist 800 Meter höher als das Haus, und er trägt keinen Namen, denn er ist bloß der Anfang der Kette, welche das Seitental nach Westen abgrenzt. Aber er ist ein Berg, ein Berg für sich. Hinter dem Gipfel fällt der Grat so stotzig in eine Scharte ab, dass ich noch nie gewagt habe, hinunterzuklettern.

Kurz nachdem der erste Sonnenstrahl das Haus trifft, überquere ich den Fluss auf der kleinen Viehbrücke und beginne die Grasrippen hochzusteigen. Mutter Erde hat eines ihrer wunderbarsten Parfums aufgetragen, die alpine Mischung aus Männertreu und Thymian, ich atme diesen Duft ein wie ein Geschenk für die Lungen.

Umso empfindlicher nach kurzer Zeit die Störung durch einen Verwesungsgeruch. Vor einem Erdloch liegen Innereien und Haarbüschel eines Murmeltiers. Da muss der Fuchs zur Stelle gewesen sein; ein Adler hätte wohl das ganze Tier mitgenommen. Nun sind die Fliegen an der Arbeit, und ich bewundere wieder einmal die Weisheit der gut duftenden Göttin, die auch das, was uns ekelt, zur Nahrungsquelle ausersehen hat.

Ich steige und steige, suche mir meinen Weg über Graswülste und Rinderpfade, denke an meinen Traum von dieser Nacht, in dem ich über eine steile Mauer über Sprossen absteigen musste, die zum Teil lose waren und mir in den Händen hängen blieben, und schon bald muss ich an gar nichts mehr denken. Ein Falke zieht hoch über mir im Suchflug am Hang entlang.

Es wird sehr rasch heiß. Nach einer knappen Stunde nähere ich mich der Kuhherde, die vom Haus aus oft zu sehen ist. Wenn die Kühe auf der großen Kuppe vor dem Berg stehen, sehen sie aus wie Scherenschnitte. Einige drehen ihre Köpfe nach mir, muhen in verschiedenen Tonlagen, trotten dann aber bimmelnd ihrer Leitkuh nach, welche offenbar entschieden hat, weiter drüben zu grasen. Wenig später komme ich an der Stelle vorbei, wo sie die Nacht verbrachten, das Gras ist an manchen Stellen flachgedrückt und erinnert mich an ungemachte Betten. Im Winter wird hier Ski gefahren, ich steige zwischen zwei Holzabschrankungen hoch, welche die Abfahrer auf die richtige Piste leiten sollen. Weiter oben ist das Umlenkrad des Skilifts zu sehen, der auf der andern Seite des Hangs angelegt wurde.

Ich freue mich auf den Moment, in dem ich auf dieses Rad hinunterblicken kann, und ich weiß, dass dieser Moment, wenn ich geduldig Fuß vor Fuß setze, eintreffen wird. Ich neige zur Ungeduld, deshalb tut es mir gut, irgendwo hochzusteigen, irgendwo, wohin man nur mit Geduld kommt.

Die Farben der Blumen werden greller, ihre Stengel kürzer, die ersten Edelweiß zeigen ihre pelzigen Blüten. Langsam wird das Gras karger, es wird von Schieferrunsen durchzogen, und ich betrete die Geröllhänge. Drei Bergdohlen flattern vorbei und teilen sich irgendetwas mit, vielleicht sprechen sie über mich. Oft finde ich im Schiefer keinen Tritt und rutsche wieder etwas hinunter. Ich suche den Aufstieg über den Grat, wo der Boden fester ist und wo ein erfrischender Wind weht.

Auf dem Gipfel setze ich mich, trinke einige Schlucke aus der Flasche, schaue zuerst zum Skiliftrad und den Kühen hinab, dann hinüber ins Engadin und ins Bergell, zu Piz Bernina und Pizzo Badile, blicke durch den Feldstecher in die Runde, aber auf keinem der umliegenden Gipfel ist jemand zu erkennen. Tief unten sehe ich meine Frau aus dem Postauto steigen und vom Einkauf im Dorfladen ins Haus zurückkehren. Der Höhenmeter meines Taschenmessers zeigt zu meiner Überraschung minus 981 Meter an. Ein digitaler Defekt also, doch er erinnert mich daran, dass der Hausberg vor Millionen Jahren auf dem Meeresgrund lag und dass er statt von Falken und Dohlen von Fischschwärmen und Meerestieren umgeben war und dass er vielleicht irgendeinmal, wenn Mutter Erde ihr Bergparfum verleidet ist, wieder dorthin zurücksinken wird.

17.7.2010

Traumpfad

Es gibt Spaziergänge, von denen träumt man jahrelang.

Einer davon führt über die Felsrücken der Weißberge im Averstal.

Hat man den ersten Rücken betreten, dessen Anfang oder Ende durch einen weithin sichtbaren Steinmann markiert wird, steigt man auf ihm langsam höher wie über eine gewaltige Treppe. Zur Linken sieht man ins Tal hinunter, zur kleinen weißen Kirche von Cresta, zum Dorf, das sich um den Lebensmittelladen schart, zu den Wiesen, auf denen die Landmaschinen hin und her kriechen und das Gras in Ballen zurücklassen, aber auch zu den Bergen gegenüber, von denen wie ein Gruß ein leichter Wind herüberweht, welcher das Hemd des Spaziergängers angenehm bläht.

Der geht nun Schritt für Schritt in die Höhe, nimmt ab und zu einen Stein in die Hand, der dünn, scharf und fast rechteckig geschnitten ist, und denkt sich einen Namen für ihn aus, Marmorschiefer zum Beispiel, oder Blendspat. Mehrmals muss er Felsspalten überschreiten oder umgehen, die münden alle in der schroffen weißen Wand, hunderte von Metern fällt sie zur obersten Alp ab. Den Gipfel des ersten Weißbergs erreicht er fast zu früh, dennoch ist es der Ort für einen Imbiss aus seinem Rucksack, der Brotgeruch ist köstlich, vom Tee in der Thermosflasche steigt Dampf auf.

Von hier aus erblickt er sein nächstes Ziel, den zweiten Gipfel, das Steinsignal ist gut zu sehen. Wie leicht geht er über den Grat, und wie gut geht es sich auf dem feinen grünen Schotter, in dem seine Schuhe etwas einsinken, als trete er auf Moos. Felsenmoos, sagt er sich, das ist Felsenmoos, und er sieht mit Wohlgefallen, dass hier immer noch Blumen wachsen, die kleine violette Polster formen oder mit blauen Tupfen den Himmel abbilden. Mit ihm geht ein zweiter Spaziergänger, der ihn jetzt auf einen Steinbock aufmerksam macht. Bedächtig quert dieser das Geröll des Gipfelaufschwungs. Alsbald folgt ihm eine Steingeiß, auch sie ohne Eile. Nach einer Weile verschwinden sie lautlos hinter der Horizontlinie.

Überraschend nahe ist er, der zweite Gipfel, man täuscht sich gern in der Steinöde, wenn Bäume und Häuser als Orientierungshilfen wegfallen. Zur Rechten des Mittleren Weißbergs, auf dem die Spaziergänger bald darauf stehen, wird der Piz Platta, sein düsterer Nachbar, immer schwärzer, und vor ihnen erhebt sich aus dem nächsten Tal eine unglaublich dünne Pyramide, eine geologische Frechheit fast.

Das Verlassen des Gipfels erfordert Vorsicht, man muss gute Stufen im bröckelnden Schutt suchen, aber dann gibt es als Belohnung einen Grat, der einen zum Seiltänzer macht und mit dem Gefühl erfüllt, endgültig der Tiefe und ihrer Anziehungskraft entronnen zu sein.

Der Abstieg auf die Furgge ist kurz, von hier wird man durch ein Felsental von afghanischer Kargheit ins Tal hinunterwandern, zu den gemähten Wiesen, zur Kirche und zum Lebensmittelladen.

Zwei Stunden hat der Spaziergang gedauert. Allerdings musste man vorher, und das brauchte etwas mehr Zeit, zum Fuß der Felswände hochsteigen, und um diese zu überlisten, umging man sie und kletterte dann auf der Rückseite einen Kamin hoch.

Dieser Kamin sowie das Unwissen über seine Beschaffenheit waren der Grund für das jahrelange Warten des Felsspaziergängers, denn er wollte ihn lieber nicht allein erklimmen, und manchmal dauert es ein bisschen länger, bis man für ein solches Unternehmen einen zweiten Spaziergänger gefunden hat, sogar wenn es der eigene Sohn ist.

20.7.2010

Das höchste Dorf

Der Weg vom Bergalgatal nach Juf ist gleich hinter der Brücke am Ende des Tals angezeigt: den Hügel hoch zum Podestatenhaus und von da an auf der Autostraße bis ins Dorf hinauf, in dem die Straße endet.

Es muss doch, denke ich mir, noch einen andern Weg geben.

Unter der Brücke hindurch fließt der Jufer Rhein, er sprudelt aus einer kleinen Schlucht hervor, und durch diese Schlucht will ich heute nach Juf. Ich steige über einen elektrisch geladenen Kuhzaun, stake durch dicke Grasbüschel zum Ufer, halte mich dann am ersten Felsvorsprung fest, mache dazu einen großen Schritt und bin nun in einer kleinen Auenlandschaft, mit Erlengebüschen, Seggengräsern, Margeriten und Knabenkräutern. Einmal treffe ich sogar auf eine kleine Birke, die hier im windgeschützten Tälchen ihr Glück versucht. Zur Rechten ziehen sich steile Grasabhänge in die Höhe, zur Linken türmen sich Schieferfelsen zu einer Felsbastion. Da ich weiß, dass hier Falkenpaare nisten, bleibe ich lange stehen und schaue hinauf, aber keiner der Vögel lässt sich blicken.

Im Buschwerk zu meinen Füßen bewegt sich etwas. Ein großer brauner Frosch bahnt sich mit Mühe seinen Weg. Ich fange ihn ein, warum, weiß ich nicht, er blickt mich vollkommen ruhig aus meinen Händen heraus an. Ein verzauberter Prinz? Nachdem wir uns eine Weile in die Augen geschaut haben und er sich nicht verwandelt hat, lasse ich ihn wieder hüpfen.

Ein schmutziges Schneestück liegt wie eine Riesenmuschel am Hang, von ihren Spitzen tropft das Schmelzwasser.

Von rechts schiebt sich eine Felsschulter ins Tal, ich kraxle durch nasses Gras zu einem schmalen Band hinauf, auf dem ich sie umgehen kann. Die Abhänge werden ruppiger, der Schiefer glitschiger, und ein Nieselregen setzt ein. Zwei lange Schneefelder reichen bis zum Wasser hinunter. Das linke Ufer sieht nach dem Ende der Falkenfelsen menschenfreundlicher aus, und ich beginne den Fluss nach einer Stelle abzusuchen, auf welcher er zu überwinden wäre. Die zwei ersten Blöcke, die ich ins Auge fasse, liegen, von Nahem besehen, doch zu weit auseinander, das Wasser dazwischen zieht mit Stromschnellenstärke zu Tale, hier am Grunde der Schlucht wird das Rauschen zum Tosen. Ich quere ein Schneefeld, prüfe es ständig mit dem Stock auf Bruchgefahr und komme dann zur zweiten Stelle, die mir von oben gangbar schien. Gangbar ist zu viel gesagt, aber springbar sollte sie sein. Nicht zu viel denken, sage ich mir, werfe sofort meinen Stock hinüber, um beide Hände frei zu haben, und setze dann mit einem Urschrei über den Sturzbach unter mir hinweg.

Der Sprung gelingt, ich lese meinen Stock wieder auf und steige im stärker fallenden Regen über Kuhpfade und Grasnarben langsam den Hang hoch. Die Schlucht hinter mir füllt sich mit einem Nebelschleier, zwei Falken stürzen sich hinein und verschwinden.

Ich erreiche die Autostraße, die unbestreitbar bequemer ist, und nach einer Kurve sehe ich die wenigen Häuser von Juf vor mir. Diese bilden, wie jeder Kreuzworträtsellöser weiß, das höchste Dorf Europas. Weit oberhalb der Straße schiebt ein Bauer, unbeeindruckt vom Wetter, seine Mähmaschine vor sich her.

Nach kurzer Zeit stehe ich vor der Ortstafel, die mit einem Kistchen voller Bergblumen geschmückt ist. Unter dem Ortsnamen, drei Buchstaben, waagrecht, steht »2126 m ü. M.«, und dieses ü. M., das sonst auf keiner Straßentafel auftaucht, liest sich wie ein kleiner Triumph.

An den zwei großen Ställen vorbei, vor denen Wildspinat in dichten Mengen wächst und Holz und getrocknete Schafmistziegel als Heizvorräte aufgeschichtet sind, gehe ich zur kleinen Postagentur, um einen Brief aufzugeben, und nachher klopfe ich bei der Bäuerin an, welche das wunderbarste Kräutersalz herstellt, das ich kenne.

27.7.2010

Trimbacherbrücke

Warum soll ich nicht einen Zug auslassen, denke ich, als ich in Olten mitten auf der Bahnhofbrücke stehen bleibe und aareabwärts zur Trimbacherbrücke schaue. Also kehre ich um und spaziere unter Bäumen am neuen Gebäude der Alternativen Bank vorbei. Es ist nur BANK angeschrieben, und die Leitlinien dieser BANK sieht man den drehbaren Solarpanels über den obersten Fenstern an.

Gleich danach komme ich zum Amthaus und bin froh, dass ich weder mit der Staatsanwaltschaft noch mit dem Betreibungsamt zu tun habe, nicht wie der Mann, der gerade die paar Treppenstufen vor dem Haupteingang heruntereilt. Seine Schritte sind betont schwungvoll, trotzdem habe ich das Gefühl, der Ordner unter seinem Arm mache ihm keine Freude.

Dann passiere ich die lange Fassade des Kantonsspitals, hinter welcher der tägliche Kampf gegen Viren, Schädeltraumen und Metastasen geführt wird.

Schwarzglänzende Kunststoffröhren von großer Länge und großem Durchmesser liegen auf dem Trottoir, sie sind mit »Hostalen« und irgendeinem DIN-Code beschriftet und warten auf ihre Versenkung ins Erdreich.

Die Ortstafel »Trimbach« ist an einem Laternenpfahl befestigt, so dass sie von weitem sichtbar ist, auch wenn am Straßenrand Autos parkiert sind. Nach dem Überschreiten der Ortsgrenze drehe ich mich um, die Tafel kündigt nun »Olten« an. Auf der andern Straßenseite sind Baucontainer aufgereiht, aus denen verdreckte und verrostete Leitungsrohre wie exhumierte Leichenteile ragen. Sie stammen aus der Zeit, als noch niemand etwas von Hostalen wusste.

Die Trimbacherbrücke schwingt sich ohne Pfeiler von einem Ufer zum andern. In der Mitte ist sie leicht erhöht, ich bleibe, bevor ich Trimbach verlasse, einen Moment stehen und blicke aareaufwärts. Die Oltner Altstadt ist als Opfer der Perspektive kleiner geworden.

Eine Treppe führt zur Aare hinunter, und nach einem Tunnel durch den Brückenkopf finde ich mich auf einem frisch asphaltierten Spazierweg wieder, allein. Ahorn- und Kastanienbäume spannen ihre Äste weit in den Fluss hinaus und streifen an einigen Stellen sogar die Aare. Die Kastanien sind alle krank, von der Miniermotte befallen, welche die Blätter vorzeitig braun macht. Ob die Motten ertrinken, wenn die Blätter flussabwärts treiben?

Vor den Grundton des Stadtlärms legt sich das leise Rauschen einer träge fließenden Wassermasse, ab und zu ist das Glucksen eines kleinen Wirbels zu hören. Die Farbe eines Flusses ist schwer zu malen, und sein Geräusch ist ebenso schwer zu beschreiben, besonders wenn er ohne Hindernis fließt. Lispelt er? Flüstert er? Manchmal scheint mir, der Fluss atme.

Als ich ins Gymnasium ging und wir uns bei den Kadetten für eine Sportart entscheiden mussten, wählte ich das Rudern. Im Vierer oder im Achter ruderten wir die Aare hinunter bis zum Stauwehr und dann wieder zurück, und wenn wir dem

Ufer zu nahe kamen, wurden wir oft von den Blättern eines Astes berührt, was mir immer wie eine Zärtlichkeit der Bäume vorkam.

Ausgangspunkt der Aarefahrten war das Bootshaus, das mir jetzt den weiteren Weg versperrt, und ich muss vom Ufer weg zum Bahnhofareal hinauf. Während ich ohne Eile in Richtung der Geleise gehe, öffnet der Chauffeur von »Habib Tours« auf dem großen Parkplatz das Gepäckabteil seines Fernbusses, und eine Familie zieht ihre Koffer, Taschen und Kinderwagen heraus. Auf der linken Seite des Hecks steht »Deutschland«, auf der rechten »Gostivar«, ein Name voll Schalmeienklang und Tamariskenduft, und sobald das Gepäck im richtigen Abstand neben dem Bus aufgeschichtet ist, schließt der Chauffeur die Klappe wieder und verabschiedet sich, und schon morgen oder übermorgen wird der Vater wieder in Olten oder Trimbach Leitungsrohre verlegen.

5.8.2010

Weinstraße

In meinem Rucksack trage ich, in verschiedenen Papier- und Plastiktüten, die gesammelten Flaschenkorken der letzten Jahre. Ihr Gesamtgewicht beträgt laut meiner Federwaage 3,2 kg. Ein einzelner Korken zeigte auf der Feinwaage 4 g an. Somit habe ich die Überreste von etwa 800 getrunkenen Flaschen auf meinem Rücken. Die meisten davon geben ihre Herkunft bekannt, ihr Aufdruck ist sozusagen die Identitätskarte des Weines, »Laujac« steht darauf, »Bordeaux«, »Médoc«, oder »Rioja«, manchmal auch etwas genauer »Haut-Médoc« oder »La Rioja Alta«, oder sie verrät etwas Adliges wie »Château Citran«, »Marchesi di Frescobaldi«, »De Falco«. Gekeltert wurden sie in Gebäulichkeiten wie den »Bodegas Palacio«, »Cantine in Barolo« oder der »Casa del Portico«. Bezeichnungen wie »Gagliole«, »Lanzaga«, »Rovero« versprechen dunkelblau leuchtende Trauben, gereift in südlicher Ferne und Wärme, und unter all den klangvollen Namen wie »Telmo Rodriguez«, »Don Pascual« oder »Paltieri« fallen die nüchternen Zapfen sofort auf, auf denen etwa steht »Familie Zahner« oder einfach »Staatskellerei Zürich«.

Und das muss also alles getrunken worden sein in meinem

Haus, von mir selbst, meiner Frau, meinen Söhnen und unsern Gästen, bei schönen Abendessen, bei fröhlichen Einladungen und geselligen Anlässen, an Geburtstagen, an Weihnachten, Ostern oder Pfingsten, im Esszimmer, in der Küche, auf dem Balkon oder im Garten.

Viele der Korken sind an der Unterseite noch weinrot gefärbt, manche haben vom Öffnungsvorgang einen seitlichen Riss, oder man erkennt die Spuren des Zapfenziehers mindestens als Einstichwunde. Auf meinem Spaziergang umnebelt mich der leicht säuerliche Geruch eines ganzen Weinkellers, der aus meinem Rucksack steigt.

Es ist Samstag Vormittag, ich betrete die menschenleeren Fuß- und Fahrwege des Zürichbergwaldes, steige langsam höher, komme am Gedenkstein für einen tödlich verunfallten Oberstkorpskommandanten vorbei und bin schließlich auf der Waldwiese mit den Picknicktischen und Feuerstellen. Eine Gruppe Männer steht um ein Riesenfeuer, Fleischstücke in Übergrößen werden auf einem Tisch gewürzt, und als ich zum Brunnen trete, um einige Schlucke zu trinken, sehe ich, dass er fast vollständig mit Bierdosen gefüllt ist.

Hinter der Tramendstation Zoo ist auf einem Sportfeld ein Rugbymatch im Gang, die Spieler sehen aus wie zwei Crews verfeindeter Raumschiffe, die sich erbittert aufeinanderstürzen. Zwischen dem gut besetzten Golfplatz und der brachliegenden Dolder-Eisbahn tauche ich ins nächste Waldstück ein, zum Elefantenbach, dessen Wildheit nicht vermuten lässt, dass er auf dem Stadtgebiet Zürichs fließt, passiere dann im Ortsteil Witikon die Möckli-Straße, welche Heinrich Möckli gewidmet ist, der von Beruf »Wohltäter« war. Heimatschutz-Landhäuser wechseln ab mit wohl proportionierten und doch gleichförmigen Neubauten, ich steche zu der Trichtenhauser

Mühle hinunter, wo sich ein Wasserrad schwerfällig und sinnlos dreht, werde vom Wegweiser in einen Hausdurchgang geschickt, an dessen Ende mich von einem aufgeklebten Blatt der vermisste Kater Leo anschaut, weißes Fell, blaue Augen, sehr zutraulich, trotzdem ist er mir nicht begegnet, und endlich erreiche ich die Bahnstation Zollikerberg, setze mich vor dem Restaurant »Rosengarten« an einen Tisch, bestelle eine kalte Tomatensuppe und beginne dann, eine Korkzapfentüte nach der andern in die Kiste zu leeren, welche gleich im Windfang als Sammelstelle gekennzeichnet ist.

Der Chef de Service macht mich darauf aufmerksam, dass Champagner- und Proseccokorken wegen ihrer starken Pressung nicht rezykliert werden können. Ich klaube sie also sorgsam wieder heraus, bilde, im Eingang kniend, ein ständiges Hindernis für Servierpersonal und zirkulierende Gäste, muss schon bald um eine zweite Kiste bitten, da die erste meinen bacchantischen Mengen nicht gewachsen ist, wünsche dann den Korken, die ich vor der Verbrennung im Kehrichtwerk bewahrt habe, viel Spaß bei ihrem zweiten Leben als Matten und Unterlagen, löffle mit der Befriedigung dessen, der soeben eine gute Tat vollbracht hat, meine Suppe und trinke dazu eine Apfelschorle. Wein gibt es erst am Abend.

14.8.2010

Am Walensee

Der Sommer, schon verloren geglaubt, ist wieder aufgetaucht, zurück aus der Ägäis, oder von der iberischen Halbinsel – oder wo bekommt man diesen morgenblauen Baldachin, den er mitgebracht hat? Ein feiner Nebeldunst schleicht als kleine Herbstwarnung über den Zürichsee, doch er wird bereits von einem frühen Wasserskifahrer zerstäubt. Einen See will ich aufsuchen heute, um an seinem Ufer einen Schattenspaziergang zu machen.

In Ziegelbrücke, diesem potemkinschen Dorf, das keinen eigenen Poststempel hat, in dem aber sogar die Schnellzüge von Wien halten, damit man nach Glarus umsteigen kann, besteige ich den Regionalzug nach Sargans und verlasse ihn schon zwei Minuten später in Weesen wieder. Bei diesem Bahnhof ist überhaupt kein Dorf zu sehen, bloß eine gigantische Lagerhalle für Altmetall. Dafür bin ich auch gleich in einer Ufermoorlandschaft mit ehrwürdigen Pappelbäumen, welche als Windbrecher die Linthebene beschützen, und nach kurzer Zeit stehe ich auf einem Kiesstrand und begrüße den Walensee, diesen mekwürdigen Fjord zwischen den Dinosaurierzacken der Churfirsten und den Buckeln der Voralpen. Durch die Dunstdecke über der Wasseroberfläche könnte sich jederzeit das Haupt eines Seeungeheuers erheben.

Der Weg durchquert nun ein Wohnwagen- und Campinggelände, erste Hunde werden von ihren Halterinnen durch den Wald getrieben, ein Vater ist mit zwei Kindern auf dem Fahrrad unterwegs. Dann dürfen Fußgänger und Biker auf einer pensionierten Eisenbahnbrücke über die Linth, welche vor zweihundert Jahren so kanalisiert wurde, dass sie statt in den Zürichsee in den Walensee mündete. An diese für die damalige Zeit enorme Gewässerkorrektion erinnert eine düstere, fast grabmalartige hohe Platte im Wald, sie zeigt den ursprünglichen Wasserstand des Walensees, der etwa fünf Meter höher lag, und darunter die Bilder der Korrektoren. In der Nähe schlucken Tunneleingänge die Autos in Richtung Chur und spucken ebenso viele in Richtung Zürich wieder aus, auch die Eisenbahnlinie verschwindet im Berg. Ein Stück eines alten Stegs ist rekonstruiert, den hier im 17. Jahrhundert ein Glarner Ratsherr bauen ließ. Die Tafel mit der Steinschlagwarnung verweist auf eine reale Gefahr, der Ratsherr wurde später auf seiner eigenen Straße von einem Felsbrocken erschlagen.

Auf einmal ist der Autobahnlärm wieder da, er dringt wie eine Verhöhnung der Wanderer aus einer Galerie, über die eine Treppe in die Höhe führt. Es folgt ein abenteuerlicher Gang am Fuß von bedrohlichen Felswänden, die an feuchten Stellen von Efeu überwachsen sind. Dort, wo die Wände blank liegen, glitzern Felshaken, manchmal hängt noch ein Karabiner dran, einmal ziehen sich zwei ganze Seile einladend über eine Kante hoch, doch es fällt mir nicht schwer, diese Einladung abzulehnen. Gerührt bin ich über ein kleines Schild, das all die Kühnen bittet, vom 10. Mai bis 1. Juli auf ihre Kühnheit zu verzichten, da dann weiter oben die Felsschwalben brüten.

Was für eine Schlucht, was für ein Wildbach, der sich zwischen die Felsen zwängt und den man auf einer neuen Brücke überschreitet, die Trümmer der alten sind weiter oben zu sehen. Das starke Tosen des Wassers erstaunt mich, bis ich merke, dass es mit Motorengeräusch der Autobahn angereichert ist, welche weiter unten zwischen zwei Tunneln kurz zu Besuch ist. Eine Autobahnraststätte ist bereits zur modernen Ruine geworden, aufgegeben, verlassen, mit eingeschlagenen Glastüren, wahrscheinlich gehen hier nachts erstochene Tankwarte um.

Und immer der Blick auf den See hinunter, der nun, da die Waldstrecke zu Ende geht und die Sonne immer ägäischer brennt, ständig wichtiger wird, es ist, als ob einem schon nur der Anblick Kühlung verschaffe. Ein Segelschiff ist Zeichen eines Windes, den ich selbst nicht spüre. Von den Churfirsten schweben Drachensegler wie Riesenschmetterlinge herunter.

Eigentlich wollte ich nur bis Mühlehorn, entschließe mich dann aber, dem Ufer unseres Fjords noch weitere drei Stunden bis Walenstadt zu folgen, wo ich mich dann endlich mit einem Bad von ihm verabschiede, das kalte Wasser macht mir eine Gänsehaut, die ich geradezu als Krönung empfinde.

21.8.2010

Der Königsberg

Ich machte mich auf einen einsamen Waldspaziergang gefasst, in der Nähe der Großstadt, gerate aber in eine Art Wallfahrt, denn das ist nicht irgendein Hügel, das ist der Königsberg, da wurden Serpentinen angelegt, auf welchen sich die Jogger abmühen, Männer mit nackten Oberkörpern und straff gekleidete Frauen bewegen sich zwischen Ahorn- und Eichenbäumen, Gruppen von Schülerinnen kreuzen hinter ihren dunkelhäutigen Turnlehrern die keuchenden Emporkömmlinge, im Gesicht den Triumph derer, die schon zum König vorgelassen wurden, und für die, die nicht hinaufrennen wollen, wurde ein Treppenweg errichtet, mit breiten Bohlen und eisernen, schwarzglänzenden Geländern, und da steigen sie dem Herrscher entgegen, junge Paare, Familien, fröhliche Gruppen, einzelne Wanderer, die Mütter fotografieren ihre Kinder, denn es ist kein alltäglicher Gang, und oben wartet auf das Volk eine Aussichtsplattform, deren Eingang von zwei Glacéverkäufern mit fahrbaren Kühltruhen bewacht wird, man kann nun die halbrunde Terrasse betreten und zum Gesang eines angegrauten Barden auf die Stadt hinunterblicken, die hier in den letzten 300 Jahren erbaut wurde und deren

Handels- und Hoteltürme immer stärker in die Höhe schossen, von unten brandet das Rauschen des täglichen Transportes herauf, wieso müssen sich so viele Menschen so oft verschieben und wem gelten all die Polizei- und Alarmsirenen, diese Schaumkronen der Brandung, wer wurde verletzt, wer kam zu Tode in diesem Hin und Her zwischen dem Königsberg und dem mächtigen Fluss mit den langen Brücken und dem Heiligennamen, der lockend glitzert und sich am Ende der Stadt zu einer Meeresmündung erweitert, die man gerade noch erahnt hinter den Ahornblättern, die auf beiden Seiten den Blick beschränken wie ein nicht ganz aufgezogener Vorhang, und da oben ist solch ein Glück zu spüren, eine Freude, hier zu sein, dass man sich fotografieren lässt, als gehöre einem dieser Anblick persönlich, ein junger Mann springt auf die steinerne Balustrade und reißt seine Arme lachend in die Höhe, vielleicht fährt er gleich zum Himmel hoch, ausgeschlossen ist nichts auf dem königlichen Berg, dem Mont Royal, welcher der großen Stadt mit den großen Häusern und dem großen Strom ihren Namen gegeben hat, Montréal.

27.8.2010

Bären

Der Spaziergang dauert nur drei Minuten.

Aber man wird gut bewacht dabei. Der Wächter hält ein Gewehr schussbereit in den Händen und lässt uns aus dem Kleinbus steigen, in dem wir während seines Erkundungsgangs in dumpfer Hitze ausharrten. Wir wurden ermahnt, die Fensterscheiben nicht herunterzulassen und leise zu sein, und so teilten wir uns flüsternd mit, wie unerträglich heiß es im Bus sei, abends um halb sieben, irgendwo in einem kanadischen Wald.

Aufatmend reihen wir uns, wie uns das vorher eingeschärft wurde, in Dreierkolonne ein, der Wächter hebt zur Erinnerung nochmals drei Finger hoch. Er ist untersetzt, trägt außer der Jagdflinte einen Rucksack, um den Kopf hat er ein Piratentuch geschlungen, und sein Blick ist ernst.

Wortlos setzen wir uns in Bewegung und gehen auf einem leicht abfallenden Waldweg hinter ihm her. Der Spaziergang endet bei einem Unterstand, der mit einer Zeltblache überdacht ist. Mit schnellen Handbewegungen weist uns der Wächter hinein, denn das Schauspiel, um dessentwillen wir gekommen sind, hat bereits begonnen. Wir setzen uns auf

Holzbänke hinter einer Fliegengitterfront, in welcher ausgeschnittene Vierecke einen besseren Blick auf den Schauplatz gewähren. Durch eine Schneise blicken wir auf einen Bach hinunter, hinter dem sich eine Lichtung öffnet.

Dort ist ein Schwarzbär dabei, Fleisch zu fressen, das ihm ein anderer Wächter vor kurzer Zeit auf einen Baumstrunk gelegt hat. Er nimmt sich Zeit, hilft ab und zu mit einer Pfote nach, die er auf das Fleischstück legt, um es mit den Zähnen besser zerreißen zu können. Manchmal wirft er einen Blick in die Runde, auch zu uns hinauf, aber wir scheinen ihn nicht weiter zu beunruhigen. Er schnüffelt unter den Wurzeln, wo ebenfalls etwas für ihn bereit ist. Dann entfernt er sich ein bisschen vom Strunk, und damit ist die erste Szene beendet. Das Publikum auf den Logenplätzen ist begeistert, hat sich abwechselnd Feldstecher und Fotoapparate vor die Augen gehalten und wartet gespannt auf die zweite Szene.

Die beginnt damit, dass sich der Bär umdreht und erschrocken zur Seite hüpft, denn ein zweiter Bär tritt nun auf, kleiner als der erste, wagt sich aber nicht gleich zur Futterstelle, sondern umkreist sie in respektvollem Abstand, erhebt sich zweimal auf die Hinterbeine, im Publikum klicken die Fotoapparate mit ausgezogenen Zooms und unterdrückte Bewunderungslaute ertönen, die sich wie Stöhnen anhören. Dann wird der erste Bär vom Wald verschluckt, und der zweite macht sich über das Fressen her. Derweil gibt der Wächter im Unterstand flüsternd Erklärungen ab, von denen ich nur einzelne Worte verstehe, wie »deux cent kilos«, »primordial« und »hibernation«. Die zweite Szene endet mit dem Verschwinden des kleineren Bären im Wald.

Die dritte Szene beginnt damit, dass der zweite Bär weiter oben wieder zum Wald herauskommt und nochmals die

Futterstelle aufsucht. Er kratzt sich zuerst ausgiebig mit der Hinterpfote, sucht dann nochmals die Hohlstellen unter den Wurzeln ab, worauf er zum Bach hinuntergeht, um Wasser zu trinken.

In der vierten Szene taucht ein dritter Bär auf, etwas größer als der zweite, der zweite trollt sich davon, und der dritte sucht den Baumstrunk nach Futter ab, offensichtlich ist noch welches übrig. Die Beleuchtung des Bühnenbilds wechselt nun zu einem Dämmerlicht, und in der letzten Szene steigt der dritte Bär zum Bach hinunter, wird aber durch einen Busch verdeckt, so dass wir ihn nur planschen hören. Als er die Bühne ein letztes Mal betritt, um erneut beim Strunk vorbeizugehen, hört man aus der Tiefe des Waldes einen Wolf heulen. Der Bär schaut ganz kurz auf und trottet dann davon, während das Publikum angestrengt auf die immer dunkler werdende Bühne starrt und vergeblich auf den Wolf als Zugabe wartet.

In einer Dreierkolonne gehen wir wieder zum Bus zurück, hinter der geladenen Flinte her. Wir sind alle froh, dass sie nicht gebraucht wurde, und wir freuen uns über das, was wir in der Halbwildnis erlebten: Haben wir nicht Bären gesehen, Bären?

2.9.2010

Urwald

Sich an einen Wald erinnern ist wie einen Traum aufschreiben.

Der Traum begann damit, dass wir in einen großen Wald eintraten, dessen Stille sogar unsere eigenen Schritte schluckte. Die Bäume darin waren von einer unwahrscheinlichen Höhe, Buchen mit ihren glatten Stämmen, an denen die Sonne ihre Strahlen wetzte, wechselten ab mit Tannendickicht, dessen Boden jeden Lichtstrahl erstickte, stellenweise gingen wir auf einem Grat, der steil abfiel, zu steil, wie mir schien, und die Bäume, die einen überraschend auftauchenden Aussichtsturm umgaben, waren höher als in Wirklichkeit, ließen dennoch den Blick knapp bis zur Alpenkette gleiten, die mir aber seltsam verändert vorkam, wie ein Hintergedanke des Waldes bloß, denn der Wald war mächtig und zauberhaft, ein Reich mit eigener Rechtsprechung, die gebot, umgestürzte Bäume liegen zu lassen, auch den Strünken, von denen sie ermüdet abgefallen waren, durfte nichts geschehen, wie Mahnmale des Alters wiesen sie in die Höhe, waren bewohnbar für Vögel und Getier, und als wir eine besonders schöne Lichtung sahen, gingen wir, als würden wir Schritte parodieren, mit großen Tritten durch hüfthohe Brennnesseln und sorgfältig ausgespannte

Brombeernetze, duckten uns unter Nadelzweigen und Holdergeäst, um schließlich einen gefallenen Stamm zu erreichen. Obwohl er schon von Moos überwachsen und von Dornen umklammert war, waren seine Äste noch stark genug, um etwas Raum zwischen der Erde und ihm zu lassen, gerade recht zum Sitzen, aber erst, nachdem ich mit meinem Taschenmesser einige stachlige Schlingen durchtrennt hatte. Dort saßen wir, nahe am Spazierweg, über den gelegentlich Leute gingen oder Biker fuhren, aßen, was wir mitgebracht hatten, und waren doch verborgen wie Hänsel und Gretel, und wären wir dort sitzen geblieben und nicht mehr aufgestanden, wären auch wir überwuchert worden wie erstorbene Stämme, und es hätte wohl sehr lange gedauert, bis uns irgendjemand entdeckt hätte, vielleicht wären wir zu Waldgeistern geworden, welche mit dem Ruf der Käuze zu den Rändern des Reiches flögen, von dort in die ferne Stadt am See hinüberschauten, und kichernd wieder zurückflatterten, ins Reich der Bäume, Büsche, Farne und Flechten, mit der Gewissheit, dass auch uns darin ein Platz zugedacht wäre.

11.9.2010

Herbstbeginn

Der große Wagen steht Kopf, er balanciert auf seiner Deichsel, und im Süden flimmert der Orion, morgens um halb sechs auf der Musenalp im Kanton Uri. Die Alp ist das Ende eines Tals, hinter ihr erhebt sich eine gewaltige Felsenarena, die von Bändern und Stufen quer durchzogen wird und die ebenso wenig für den Menschen gemacht ist wie der Sternenhimmel. Doch zwischen den Sternen hindurch fliegen nachts rotblinkende Menschenluftschiffe, und zwischen den Felsköpfen, Runsen und Platten zieht sich ein schmaler Menschenpfad die Wand hinauf, mit Ketten und Seilen gegen Schwindel und Unsicherheit versehen, und auf diesem Pfad steige ich in der Morgendämmerung mit einem Freund in die Höhe. Zwei Stunden dauert es, bis wir aus dem düsteren Wandschatten in die Sonne treten, ihre Strahlen kommen mir vor wie ein Begrüßungskuss. Das Schwarz der Nacht wurde irgendwo ausgegossen, und über mir häuft sich ein Übermaß an Blau.

Wir haben eine Steinwüste erreicht, in die wir nun vordringen, weißblaue Markierungen, an Felsblöcke gestrichen, sowie ab und zu ein Steinmann zeigen an, dass dies ein Weg ist. Der Weg hat ein Ziel, das wir erst nach einer weiteren Stunde zum ersten Mal erblicken, einen rostroten Berggipfel über einem breiten Firnfeld. Die Felswand, die Steinwüste, der Berggipfel, alles ist groß und fast zu weit zum Gehen. Immer abschüssiger wird das Firnfeld, geht in einen Steilhang über, wechselt ab mit Schotter, der so lose ist, dass man gleich wieder zurückrutscht. Kurz vor einem kleinen Passübergang bleiben wir sitzen, ich muss etwas trinken, muss die Lungen immer wieder bis zum Äußersten mit Luft füllen, als gäbe mir diese mit ihren Sauerstoffbläschen Kraft ab, Kraft, die ich unbedingt benötige, denn die Sonne küsst schon lang nicht mehr, sie sticht.

Endlich stehe ich auf, merke erst jetzt, wie nahe wir der Passlücke sind, und als wir nach ein paar Schritten ankommen, wird uns die andere Seite gezeigt, oder mehr als eine Seite, ein Buch, Band 2 der gesammelten Berge der Innerschweiz, jemand hat ein Vorwort dazu geschrieben, wer nur, wir steigen die endlose Wegspur hinauf, tief atmend halte ich von Zeit zu Zeit inne, die Augen auf die Fersen meines Begleiters oder auf meine Schuhspitzen gerichtet, entschlossen, mit dem Schauen erst auf dem höchsten Punkt zu beginnen, und erst oben beim Gipfelkreuz des Urirotstocks, beim Weitwinkelblick über die unzähligen grünen, grauen, schwarzen und weißglänzenden Berge und zum Vierwaldstättersee, ins Mittelland hinunter, bis zu den zwei verspielten Rauchsäulen von Gösgen und Leibstadt, fällt mir ein, wer das Vorwort geschrieben hat. So klar, so schnörkellos, so gestochen und dunstarm, so leuchtend und heiter, so gelassen und melancholisch kann nur einer schreiben: der Herbst.

21.9.2010

Großvatergang

Auf dem Friedhof von Zuzgen begegne ich zwei schlafenden Verwandten von mir, einem Cousin meines Vaters und der Tochter eines Großonkels. Der Großonkel wohnte etwas oberhalb des Dorfes in einem Bauernhaus. Dort wuchs auch mein Großvater auf, und da nur einer der drei Brüder den Hof übernehmen konnte, erlernte er den Beruf eines Webers und ging jeden Tag zu Fuß von Zuzgen nach Säckingen auf der deutschen Seite des Rheins in die Fabrik.

Diesen Gang möchte ich heute mit meinen beiden Söhnen machen, und nach dem Ende des Mittagsgeläutes brechen wir auf und gehen durch das Dorf, kommen an Bauernhäusern vorbei, die zu schmucken Wohnhäusern umgerüstet wurden, an Garagen, an denen sich Knöterich und Weinreben emporranken, am neuen Gemeindezentrum, in dessen unterem Stockwerk Teile der Schule untergebracht sind, vor einem Einfamilienhaus steht eine gewaltige Kübelpalme, und unten an der Hauptstraße ist über einem alten Haus in gotischer Schrift zu lesen »Milch-Sammelstelle Zuzgen«. Mein Großonkel, so fällt mir beim Lesen der Aufschrift ein, besorgte lange Jahre die Buchführung dieser Sammelstelle, und da er der Dichter des Dorfes war, schrieb er seine Verse, von denen ich einige besitze, auf die Rückseiten der alten Milchabrechnungsblätter.

Wenn mein Großvater das Dorf verließ und den Hang des Chriesibergs hinaufstieg, war es morgens um halb fünf, denn die Arbeit in der Bandweberei Bally begann um sechs Uhr. Bald betrat er einen dunklen und dichten Wald, und nach einer knappen halben Stunde hatte er, so wie wir, den höchsten Punkt erreicht und ging nun hinab, auf das Dorf Mumpf zu. Da wir nicht sicher sind, ob es den kleinen Wanderweg schnurstracks hangabwärts vor hundert Jahren schon gab, gehen wir zunächst auf der alten Waldstraße weiter, aber als wir den Wanderweg wieder kreuzen, vertrauen wir uns ihm dennoch an.

Im Dickicht neben uns springt ein Reh auf und macht sich davon, wir passieren eine Panzersperre, die von Moos und Efeu erobert wurde, treten zum Wald hinaus, gehen unter der Autobahn durch, treffen in Mumpf ein, überqueren dort die Kantonsstraße und gelangen schließlich zum Rheinuferweg. Für meinen Großvater wäre es bereits Viertel vor sechs. Vor hundert Jahren nahm die Fähre ihren Betrieb um vier Uhr morgens auf, heutzutage befördert sie nur noch an den Sonntagnachmittagen im Sommer die Ausflügler von einem Ufer zum andern.

Wir sind die ersten Passagiere heute, der Rhein ist gelbbraun und geht wegen der starken gestrigen Regenfälle sehr hoch, immer wieder sieht man bizarre Holzstücke wie Flussungeheuer den Strom hinuntertreiben, einmal schwimmt ein ganzer Baumstamm daher. Die Überfahrt kostet 50 Rappen für jeden, ich erzähle dem Fährmann, einem Mumpfer Pontonier, der einen Stumpen raucht, dass der Tarif damals 7 Rappen betrug, und gebe ihm einen Fünfliber.

Anderthalb Stunden brauchte mein Großvater, damit er um sechs Uhr an seinem Arbeitsplatz stand, und wenn er ihn abends um sechs verließ, brauchte er wieder anderthalb Stunden zurück.

Wir beschleunigen unsern Schritt, damit wir nicht zu spät in die Fabrik kommen, bloß wissen wir nicht genau, wo diese stand. Acht Webereien gab es zur Jugendzeit meines Großvaters in Säckingen, und zweitausend Menschen arbeiteten darin. Auf einer alten Abbildung habe ich ein beklemmend großes Fabrikgebäude nahe am Flussufer gesehen, welches »Rheinschloss« genannt wurde.

Es gibt Schrebergärten, es gibt Wohnblöcke, es gibt Gärten mit übermannshohen Sonnenblumen, aber eine Fabrik gibt es nicht mehr. Ich versuche mir anstelle der Gärten die Großräume einer Bandfabrik vorzustellen, vom Rattern der Webstühle erfüllt, und sehe an einem der Webstühle meinen jungen Großvater. Gerade schaut er zu einem andern Webstuhl hinüber, vor dem eine hübsche Arbeiterin steht, und er nimmt sich vor, sie am Sonntag zum Tanz einzuladen.

Was er nicht weiß: Dieser Blick bleibt nicht beim Webstuhl stehen, sondern wandert weiter, über den Tanzsonntag hinaus bis ins nächste Jahrhundert, denn die beiden haben geheiratet, und hätte Anna aus Sisseln den jungen Weber abgewiesen, wäre ich jetzt nicht hier mit ihren zwei Urenkeln und würde nicht mit ihnen in einem chinesischen Imbiss bei der alten Holzbrücke gebratenen Reis mit Hühnerfleisch essen.

26.9.2010

Poesiekurier

Aus dem großen Parkhaus kommen mir Gruppen von Menschen entgegen, die alle erwartungsvoll den Hallen zustreben, in denen die Zürcher Herbstmesse stattfindet. Eine Frau geht sogar an Krücken, als werde ihr dort wundersame Heilung versprochen. Hinter den Gittern der mehrgeschossigen Parkflächen lassen sie ihre Autos in Käfighaltung zurück.

Neben neuen, inseratetauglichen Häuserblöcken liegt ein Maschinenpark, auf dem sich Bagger, Lastwagen und Krane zusammen mit Baumaterialien langweilen, daneben steht ein blitzblanker Glasturm mit lichten, hohen Räumen, das neuste Schulhaus der Stadt, errichtet für die Kinder aus den umliegenden Neubauten. Die Turnhalle befindet sich im obersten Stock, wer dort mit dem Ball auf ein Tor schießt, schießt auf die ganze Stadt. Ein Hahn kräht, er gehört zu den Kleintiergehegen zwischen der Kehrichtverbrennung und der Eisenbahninie. Bahndammpflanzen triumphieren über die unfruchtbaren Böschungen, Goldrauten, Nachtkerzen, und diese großen, stark verzweigten Pflanzen mit den weißen Blütenblättern und den gelben Blütenböden, ich nenne sie Stadtkamillen. Die großen Gewinner des Jahres aber sind Brombeeren und Brennnesseln, ganze Hektoliter Brennnesselsuppe wachsen am Wegrand. Vorbei am rotweiß markierten Hochkamin des Fernheizwerks erreiche ich die Glatt, deren Ufer ich nun flussaufwärts folge.

Die jungen Enten, die ich im Mai hier sah, sind alle erwachsen geworden, immer wieder sitzen welche am Ufer, und wagt sich eine ins Wasser, wird sie sofort von der starken Strömung flussabwärts getrieben. An den Pfeilern der Autobahnbrücken, an den Betonwänden der Unterführungen prangen in Sprayschrift kodierte Menetekel, OMN, RUB, THUG, oder IQUB UNIP NEMO GRIP, was sich wie eine Beschwörungsformel liest, in FUCK DA NORM erkenne ich ein Stück Sprache wieder, und manchmal stehe ich auch vor einer ganz und gar unmissverständlichen Botschaft wie »Ich finde dich und denn ficke ich dini Mueter«.

Es ist Samstag Nachmittag, auf der Bocciabahn der »Associazione Campania« neben der Abwasserreinigungsanlage wird Boccia gespielt. Stromschnellen wirbeln das Wasser durcheinander, der Fluss gibt seinen Mundgeruch preis. In der Wasserwalze unter dem kleinen Wehr drehen sich eine PET-Flasche, ein Gummiball und ein Styroporwürfel, zu endlosem Tanz verdammt, weiter oben, zwischen Neuwohnungen und der Givaudan-Fabrik, aus der es nach Vanille riecht, ein kleines Geviert mit einem Grillplatz und ein mit »Fischerhütte« angeschriebenes Holzhäuschen.

Durch diese Welt trage ich meine Wörter, ich bringe mein letztes Taschenbuch einem befreundeten Paar, das in Dübendorf ein Haus an der Glatt bewohnt. Das mache ich schon seit etlichen Jahren so, wenn etwas Neues von mir erscheint, und ich melde mich nie an; wenn niemand von ihnen zu Hause ist, lege ich das Buch vor die Türe mit einem Gruß vom Poesiekurier, aber heute sitzen die beiden im Garten, als ob sie auf mich gewartet hätten, und wir unterhalten uns über Leben und Tod, über Berge, Briefmarken, Ida Bindschedler und Max Frisch, essen Trauben und Zwetschgen dazu, und als die Sonnenstrahlen hinter den Gartenpalisaden verschwinden, mache ich mich auf den Weg zum Bahnhof und freue mich einen ganzen Heimweg lang.

2.10.2010

Zur Messe

Es ist kein Spaziergang vom Frankfurter Hauptbahnhof zum Messegelände, es ist ein Gang von Getriebenen, die alle möglichst schnell an ihr Ziel gelangen möchten. Vom Boden steigt ein Geräusch auf wie von einer Mahlmaschine und übertönt beinahe dasjenige des Autoverkehrs. Es stammt von den Rollkoffern, die viele hinter sich herziehen; manche haben dazu ihr Handy ans Ohr gepresst und sprechen während des Gehens im Befehlston oder im Erklärungsnotstand hinein, andere tragen Rucksäcke oder haben die Zeitung des Tages unter den Arm geklemmt, der Literaturnobelpreisträger guckt unter dem Ellbogen durch, er wird immer pünktlich zur Buchmesse erkoren, wo wir alle hinwollen, von Ungeduld gepackt, wenn uns eine auf Rot gestellte Ampel bremst und man zwischen bärtigen, bebrillten, graumelierten oder langhaarigen Männern und aparten Frauen warten muss, man schaut verstohlen nach links und rechts, ob vielleicht eine Berühmtheit neben einem steht, die man kennen sollte, das Messeflackern im Blick fängt schon beim Fußgängerstreifen an.

Vor dem Haupteingang locken die Antiquariatsstände, 2.50 für jedes abgegriffene Buch, aber die meisten hasten vorbei, süchtig auf frisches Bücherfleisch aus der Herbstschlachtung, und schon eilt man über die Rollbänder, die den Transport zu den Suchtmittelhallen beschleunigen sollen; sobald einem zwei Menschen mit Taschen den Weg versperren, erliegt man dem Eindruck einer unerträglichen Verlangsamung, dabei bleibt über eine Stunde Zeit bis zur abgemachten Besprechung, Zeit für einen Messespaziergang, Zeit zum Bummeln, Zeit, stehen zu bleiben, bei einem Fernsehkoch oder Schlankheitsapostel, eine Messe ist ja auch ein Markt, ein Bazar mit Kojen, in die man sich setzen und nach einem Buch greifen kann wie nach einer Wasserpfeife, manche sind mit Leuchtstäben, gotischen Kostümen oder Comicfiguren dekoriert, als würben sie für eine Geisterbahn, unvermutet gerät man ins Hoheitsgebiet von Lautsprechern, welche Lesungen, Interviews oder Podiumsgespräche verbreiten, bleibt kurz stehen, um zu sehen, ob einem ein Name etwas sagt, aber die wenigsten wollen sich wirklich setzen und zuhören, sie sind in einer Mischlaune aus Unternehmungslust und Unaufmerksamkeit, die Gespräche mit Menschen an einem Stand dauern selten lange, denn der Standmensch, der einen mit den Augen nur streift, ist stets bereit, seinen Blick wie eine Lichtschranke ausfahren zu lassen, wenn er einen Vorübergehenden zu sich lenken will. Es kommt jedoch auch vor, dass sich die Leute zu Klumpen verdichten, die den Durchgang verstopfen, weil sie unbedingt jemanden nicht nur auf dem Buchumschlag sehen möchten, sondern in corpore, in seinem Körper, wer wird denn hier erwartet, frage ich einen, als ich auf eine solche Blockade auflaufe, aus der auch Kameras und Mikrofone herausragen, die Antwort wird mir zugeraunt, Helmut Kohl. Das ist eigentlich kein Dichter, und man könnte eine Sekunde lang neidisch werden auf diesen Zulauf, aber nur, bis man sich sagt, man fühle sich doch wohler in der eigenen Haut, und nun sehe ich eine alte Bekannte, die sehr berühmt geworden ist und heute unter anderem eine Reihe mit Büchern über Musik herausgibt, setze mich kurz zu ihr, bis wir unsere alte Bekanntschaft gefestigt haben, dann gehe ich bei meinem Verlag vorbei, um zu sagen, dass ich eingetroffen sei, und um zu fragen, wo genau sich ein anderer Verlag befindet, den ich besuchen möchte, trete beim Spaziergang zur andern Halle ins Freie, wo Menschen in der Sonne sitzen, mit Imbissen in der einen und Büchern in der andern Hand, fahre die voll besetzten Rolltreppen hoch, schwenke in die Bazarstraße ein, in der andere alte Bekannte ihre Bücher anpreisen, dann ergebe ich mich der Kunst des Sich-treiben-Lassens, und auf einmal muss ich mich beeilen, um zu meinen Besprechungen zu kommen, ich versuche meinem Hauptverleger meinen Kreativitätsfahrplan der nächsten Zeit zu erläutern und wie groß die Wahrscheinlichkeit ist, ihn einzuhalten, unterhalte mich mit meinem Lektor über das bisher Geschriebene und bald zu Erwartende, dann gibt's eine Preisverleihung, dem anschließenden Apero entfliehe ich und reihe mich unter alle Rollkofferzieher, Rucksackträger und Taschenschlepper ein, die sich zurück zum Hauptbahnhof bewegen.

Am Straßenrand ruft ein fliegender Händler seine Schächtelchen mit den Worten »Viagra, dottore!« aus. »Bene«, murmelt ein alter Herr, und so ist es, molto bene, das brauchen wir nicht. Wir hatten unsere Droge.

8.10.2010

Frohburg

Beim Restaurant »Eisenbahn« in Trimbach, der Endstation der Buslinie, suche ich den Einstieg zum Weg, den ich vor mehr als vierzig Jahren zum letzten Mal gegangen bin. Ich möchte wieder einmal zum Kreuz hinauf, das auf einer schwindelnd hohen Fluh steht, und von dort zur Ruine Frohburg hinüber. Am Waldrand bei der großen Kurve der Hauensteinstraße entdecke ich hinter Haselbüschen an einem Pfosten einige verjährte Wegweiser, gelb zwar, wie die heutigen, aber aus Holz, Zeitangaben fehlen, und zum Teil sind die ersten Buchstaben der Ziele als spitzbogige Majuskeln geschrieben. Auf einem steht »Gratweg Geissflue«, und ich lasse das Laubwerk wieder über ihm zuschnappen und nehme die Fährte auf.

Geheimnisvoll beginnt er, der Weg, als Waldtunnel, die Äste der Bäume und Sträucher wachsen über meinem Kopf zusammen. Er macht zunächst ein paar Kurven, hält sich aber vom Grat fern, und so verlasse ich ihn, bis ich finde, was ich suchte, eine kleine, kaum erkennbare, kaum begangene Gratspur, zum Teil von Gestrüpp überwachsen, aber stets hart an der jäh abfallenden Kante entlang. Das gefiel mir, als ich jung war, und es gefällt mir immer noch. Sobald ich auf dem Grat bin, reißt die Sonne Löcher in die dicke Wolkendecke, und gelbe Buchenblätter und rote Ahornblätter flammen auf.

In der Scharte, die ich nach einer Weile erreiche, steht der Mast einer Hochspannungsleitung, er ist noch mit »ATEL Olten« angeschrieben, das hieß »Aare Tessin Elektrizität«. Die Gesellschaft ging kürzlich in einer Fusionswelle unter und tauchte unter dem Namen »ALPIQ« wieder auf. Eigentlich müsste also das Täfelchen am Mast Nr. 104 der Leitung Gösgen-Flumenthal ausgewechselt werden, aber ich glaube nicht, dass der Verwaltungsratspräsident der unaussprechlichen Firma je hier vorbeikommt. Sogar die Jahreszahl ist vermerkt, 1959, da besuchte ich die letzte Klasse des Oltner Progymnasiums und spielte im Schülertheater beim »Jedermann« den Mammon.

Nach etwas mehr als einer Stunde stehe ich beim Kreuz. Es ist größer, als ich es in Erinnerung habe, und es ist mit Neonröhren ausgestattet, die auch am Tag brennen. Kein Christus hängt daran, nur ein Schaltelement mit Kabeln. Eines davon geht durch eine gerippte Kunststoffröhre direkt in den Fels hinein, ich frage mich, wo es den Strom hernimmt.

Die Felswand gleich hinter dem Kreuz fällt erschreckend tief ab. Ich denke an den jungen Mann, den ich kannte und der sich von hier in den Abgrund stürzte. Wie viel Dunkel und Hoffnungslosigkeit braucht es, bis man solch einen Sprung macht, machen muss?

Dann steige ich vom Felskopf ab und gehe weiter zu seinem Nachbarn, auf dem die Ruine der Frohburg steht. Wer hier oben thronte, besaß die Kontrolle über die Verkehrswege und konnte Zölle erheben und Städte gründen, Olten etwa, das der Burg praktisch zu Füßen liegt, oder Zofingen, fast in Sichtweite.

Ich versuche mir vorzustellen, was das für Zeiten waren, da

man über Land ritt, seinem Pferd Halt gebot, den Speer in den Boden rammte und sagte: »So, hier bauen wir eine Stadt.«

Doch irgendeinmal zerbröckelte die Burg, und heute sind von hier die Bauten der neuen Beherrscher zu sehen; ganz in der Nähe, auf einer Juraweide, eine Relaisstation für all unsern Mitteilungsverkehr, deren rotweiße Spitze triumphierend in den Himmel ragt, in der Ebene der dampfende Turm und die Reaktorkugel des Atomkraftwerks Gösgen, einem Machthaber der Energie, welchem auch der Mast Nr. 104 untertan ist.

Auf dem Burggelände wächst dort, wo einst ein Rittersaal war, eine Linde, zum Abschied des Jahres mit ihrem schönsten Gelb beflaggt. Vor der Ruine ein heutiger Wanderwegweiser, Ruine ist mit ou geschrieben, Rouine. Schon wieder etwas, das man auswechseln sollte.

Und der Hauensteinpass ist nicht weit. Die Frohburger sind ausgestorben, so dass ich problemlos und zollfrei in den Bus nach Olten einsteigen kann.

14.10.2010

Ofenloch

Einer von den drei Männern kennt den Weg. Er hat die beiden andern eingeladen, einen Ort zu besuchen, der weit vom Alltag abgelegen ist, hat sie mit dem Auto durch immer hügeligere Gegenden gefahren, auf immer engeren und kurvenreicheren Straßen, an Häusern vorbei, die immer mehr denjenigen auf naiven Appenzeller Malereien glichen, um zuletzt auf einem verschneiten Waldweg anzuhalten, und da stehen sie nun auf einer kleinen Brücke, die zwei schauen ins Tal hinein, aus dem der Fluss sprudelt, schauen dann den dritten an, der nickt und sagt, gehen wir.

Weg ist keiner zu erkennen, auch keine Fußspuren im überraschend früh gefallenen Schnee, aber wenn dahinten im Tal eine Höhle ist, welche der dritte Mann als Ziel nannte, gibt es nur eine Richtung, und so dringen sie am Flussufer entlang Schritt für Schritt in dieses Tal ein und lassen Schritt für Schritt die Zeit zurück, aus der sie aufbrachen. Manchmal sind große Schritte vonnöten, um über einen oder zwei Steine eine Schotterinsel zu erreichen und weiter oben wieder zu verlassen, oder um überhaupt von einem Ufer zum andern zu wechseln, wenn ein Vorsprung den Weiterweg verstellt. Die

Ruhe des Flusses am Talausgang erweist sich als scheinheilig, oder war er einfach schon etwas erwachsener, und wir treffen ihn nun in seiner Jugend an, als Bergbach, ungebärdig, rebellisch gegen die Blöcke und steinernen Riegel, die ihm den Durchgang zu seiner Bestimmung versperren wollen und zwischen denen er sich schimpfend und schäumend durchzwängt. Die Nagelfluhwände werden höher und abweisender, einmal kommen die drei an einem offenen Felsmaul vorbei, das bereit scheint, zuzuschnappen, dann wölbt sich ein Überhang wie eine Drohgebärde über sie, hoch oben recken sich Baumwipfel in den eisblauen Himmel, der keinen Sonnenstrahl ins Tal entsendet.

Die Schritte der drei Männer werden vorsichtiger, denn unter dem Schnee liegt durchnässtes Laub und unter dem Laub der Mergel; glitschig ist es, der eine lernt von den andern zwei dafür das Wort »häl«. Es kommt beim wiederholten Überqueren des Bachbettes zu ersten Ausrutschern ins knöcheltiefe Wasser, auch den Baumstämmen, die als Brückenangebote bereitliegen, ist nicht zu trauen.

Ein Seil hängt über einen Absatz herunter, es ist so nass, dass die Hände daran abgleiten, die Füße schlipfen auf dem verschneiten Boden, jeder der drei Männer braucht sehr viel Kraft, um sich hochzuziehen, und jetzt stehen sie vor einer Stelle, wo alle Steine, die als Steg dienen könnten, vom Wasser überflutet sind, sie vergleichen die Höhe ihrer Wanderschuhe mit der Tiefe des Wassers und waten schließlich so schnell es geht hinüber, das Wort »isländisch« fällt, im Halbscherz noch, doch erste Blicke leisen Vorwurfs treffen den, der den Weg kennt und behauptet, ihn mit seiner neunjährigen Tochter problemlos gegangen zu sein. Schon zeigt ein neues Seil eine neue Gefahr an, ein fußbreites Felsband über einer tosenden

Wasserwalze, sie schwindeln sich alle drei hinüber, aber als die nächste Durchquerung des Baches ansteht, aus dem nur zwei häle Steine um ein Weniges herausglänzen und sie drüben das nächste Seil erwartet, gibt der eine der drei bekannt, er bleibe hier, da er sich nicht erkälten wolle, der Zweite fragt den Dritten, wie weit es denn noch sei, hundert Meter, antwortet dieser, gut, sagt der Zweite, dann gehe er allein, und der Dritte wartet derweil beim Ersten.

Und als sich der Zweite mit größter Vorsicht in den hintersten Teil des verschlungenen Tales vorwagt, sieht er auf einmal über sich eine gewaltige urzeitliche Höhle, die sich wie die Vulva der Mutter Erde öffnet, und dahinter schließt sich das Tal mit einer hohen Wand, über die sich in kindlicher Anmut ein Wasserfall ergießt, die unaufhörliche Geburt des Flusses. Kein Signal aus der besiedelten Gegenwart, kein Zeichen des 21. Jahrhunderts, kein Haus, keine Straße, keine Leitung, kein Motor – die Unwirklichkeit dieses Ortes durchdringt den Mann mit einer Wirklichkeit, die ihn erzittern lässt.

21.10.2010

Skulpturenweg

Wer den Bahnhof Dietikon verlässt, betritt eine Zone der Zuverlässigkeit. Auf der einen Seite des Vorplatzes stehen die roten Wagen der Bremgarten-Dietlikon-Bahn bereit zur Weiterfahrt, in der Mitte warten zwischen den Einsteigeinseln die Regionalbusse, die auf dem Dach der Wartebuchten mit Großbuchstaben von A bis G angeschrieben sind, auf der andern Seite reihen sich die Taxis ordentlich hintereinander, auch sie neben gedeckten Warteplätzen, und dem Bahnhof gegenüber ein funktionaler Neubau, das Gebäude der Post. Mobilität und Kommunikation, die großen Unverzichtbaren unserer Zeit, werden, überschaubar gegliedert, zur Nutzung angeboten.

Bloß ein seltsamer Fremdling hat sich in diese Ordnung eingeschlichen. Zwischen der Post und den Taxistandplätzen steht ein dünnes, hohes Fabelwesen, halb Giraffe, halb Hirsch, mit fröhlichen Farbplättchen als Fell, und schaut dem Treiben auf dem Vorplatz leicht verwundert zu.

Im Weitergehen kommt man zuerst an einem vorbildlich ausgebauten Fahrradunterstand vorbei, danach am Eingang zum Autoparkhaus, das man sich mehrgeschossig direkt unter den Fußsohlen vorstellen muss, und gleich daneben stellt eine mit Glas gedeckte offene Säulenhalle den Marktplatz dar, flankiert von der Kirche, von Banken und Ladenstraßen.

Und wieder etwas, das nicht ganz hierher passt: Auf langen Beinen steht ein Kakadu, bunt gefiedert mit farbigen Mosaiksteinchen, und dreht der gläsernen Markthalle unbeeindruckt den Rücken zu.

Später, hinter der Kreuzung, über die sich alle Autos ergießen, welche vom Parkhaus ausgestoßen werden, hocken vor einem Geländer zwei Gockel und schauen, ohne den Verkehr zu beachten, den Hang hinauf. Ich folge ihrer Blickrichtung, gehe der Reppisch entlang aufwärts, dem kleinen Fluss, welcher den älteren Teil des Ortes von den neuen Wohnblöcken trennt, die auch schon älter aussehen, und treffe immer wieder auf Sendlinge einer anderen Welt, auf zwei schillernde Enteriche vor einem industriellen Gebäude, auf einen aufgeblähten Frosch als Wächter eines Fußgängerstegs, auf zwei Vögelchen, die ihre zum Krähen aufgerissenen Schnäbel aus dem Gebüsch bei einem Schulhaus hervorstrecken, auf einen Kauz mit gesträußtem Gefieder, der auf einer überhohen Stele einen Parkplatz beaufsichtigt, und alle sind schamlos farbenfroh wie Kinderzeichnungen, sie müssen aus irgendeinem kuriosen Zoo entsprungen sein. Neben der nüchternsten aller nüchternen Stadthallen winden sich Seepferde auf einem Verkehrskreisel aneinander in die Höhe, und nun beginnt es gar nach Pferden zu riechen; hinter den Paddocks erstreckt sich die bunt bewimpelte Welt der Familiengärten, die Straße wird immer kleiner und immer steiler, vor einem Stall, aus dem ungestümes Wiehern dringt, biege ich ab, und dann finde ich mich vor dem Eingang zur Gegenwelt.

Durch eine Allee jener Hirschgiraffen, deren Botschafter am Bahnhof steht, gehe ich auf einen gigantischen Uhu zu, der von einem Turm herunterschaut, steige auf die Hundedrachen, die einen künftigen Teich umranden und deren Schnauzen sich in der Mitte begegnen, man kann über ihre Rücken spazieren, und wenn man sich bückt, sogar durch ihre Mäuler; im Wald, den ich dann betrete, erschreckt mich eine elefantengroße Katze, und ein Einhorn, von einem Engel geritten, huscht durch das vom Herbstlaub zersplitterte Sonnenlicht.

Sind die Enten, die im See unter den steinernen Riesenschlangen schwimmen, lebendig? Sie sind es, wie die zwei Pfauen, die mit ihren Jungen aus dem offenen Eingangsraum des maurischen Wohnturmes trippeln, aber soll niemand sagen, all die Figuren, die da minoischägyptischasiatisch den verwunschenen Waldpark bevölkern, seien nicht auch lebendig. Sie sind der Traum des alten Meisters, den ich jetzt gebeugt und in größter Langsamkeit die Wendeltreppe an seinem Gedankenpalast hinaufsteigen sehe, in den Sternensaal, den er sich hoch oben erbaut hat und wo er mich, als ich ihm dort gegenübersitze, im Verlauf unseres Gesprächs fragt, ob ich die Nachricht auch gehört habe, dass in unserm Land jedes Jahr tausend Bauernbetriebe verschwinden. Er ist bald achtzig, hat immer noch ein farbiges Band um seine Stirn gewunden, in seinen Augen mischt sich die Trauer des Alters mit der Empörung der Jugend und dem Schalk des Phantasten, und wenn er von hier ins Limmattal niederblickt und sieht, wie sich dort unten eine Welt von Autobahnen, Eisenbahnlinien, Schallschutzwänden, Einkaufszentren, Lagerhallen und Hochhäusern in unseren Alltag hineinfrisst, dann kann er wahrscheinlich gar nicht anders, als ihr Hirschgiraffen, Einhörner,

Traumvögel, Drachen und Riesenschlangen entgegenzusetzen, lebenslänglich.

28.10.2010

Regitzer Spitz

Zwei Freunde treffen sich nach längerer Zeit wieder, um gemeinsam einen kleinen Gipfel zu besuchen, einen Gupf, einen Spitz, der sich vorwitzig aus der hohen Bergkette ins Rheintal hineinschiebt, und vom Moment an, da sie in der Eisenbahn sitzen, nehmen sie ein Gespräch auf, ein Gespräch, das sich nährt von dem, was war, von dem, was ist, und von dem, was sein wird.

Sie haben das Glück, sich schon lange zu kennen, und so erstreckt sich das, was war, nicht nur auf gestern oder den vergangenen Sommer, sondern weit zurück bis in die fernen Tiefebenen ihrer Jugend, aus denen sie aufgebrochen sind, und das, was ist, erscheint im rasch wechselnden Programm des Zugfensters und gibt Anlass zu Erwägungen über Wolken, Wind und Sonne sowie die Schneegrenze, und wenn sich ein Tal öffnet, erhebt sich das, was sein wird, Pläne, Projekte, Ziele, wie der Gebirgshorizont des Tales im Dunst.

Nichts vermag an diesem Tag den Gesprächsfluss aufzuhalten, weder das Umsteigen auf den Bus noch das Aussteigen im Weinbauerndorf, das seiner wohlgepflegten Schönheit wegen kürzlich mit einem Preis ausgezeichnet wurde, noch der

Gang durch die gelb leuchtenden Weinberge, vor denen eine Tafel verkündet, das Pflücken von Trauben, auch der Mundraub, sei strengstens verboten. Sie nehmen das Wort »Mundraub« mit in den Wald, lassen sich auch durch den steiler werdenden Weg nicht von ihrem Gespräch abbringen, noch durch die merkwürdigen Gebäude auf der großen Alpwiese, für Bunker zu schwach, für Alphütten zu stark, aber in irgendeiner Form der Verteidigung des Landes dienend, wie der ganze Felsriegel. Ein Schild auf einer Barriere warnt vor dem Begehen der geplanten Abstiegsroute wegen Schießübungen, und als sie auf dem Spitz mit seiner bestürzend schönen Sicht auf das Rheintal und seine Weingärten ankommen, setzen sie sich, essen ihre Brote, trinken ihr Wasser, bieten sich Mitgebrachtes an, das sie zusammen mit Worten und Sätzen austauschen.

Für Verwunderung sorgt ein Paar, das etwas später eintrifft und sich ungeachtet der beiden Wanderer, die sich gerade mit dem Selbstauslöser fotografieren, auf den Boden legt. Sie breiten ihre Windjacken über sich und lachen darunter, gierig auf ihre Körpernähe, der Einstieg zum Abstieg liegt knapp hinter ihren Köpfen, der Mann wirft den Freunden einen raschen Blick von unten zu, als diese über die Verliebten hinweg im Wald verschwinden.

Abwärts bewegen sie sich nun in Richtung der Landesgrenze, doch kurz vor dem Eintritt ins Fürstentum Liechtenstein entschließen sie sich für den längeren Weg, wenden sich und wandern unter den hohen Felswänden zum preisgekrönten Dorf und seinen Weinbergen zurück, und je näher das Ende des Ausflugs rückt, desto intensiver schöpfen sie aus ihren Gedanken- und Erlebnisvorräten, um ja nichts auszulassen, das sie sich mitteilen wollten.

Andere mögen, aus dem Zug zu diesem Gipfel schauend, einen bloßen Felsspitz erblicken, aber für die zwei Freunde wird er künftig von einer unsichtbaren Wolke von Wörtern umschwebt sein.

4.II.2010

Nach Süden

Heute will ich einen Spaziergang nach Süden machen. Da uns in den Städten die Vertrautheit mit den Himmelsrichtungen etwas verloren ging, hab ich mir gestern einen Kompass gekauft, den ich nun stets auf Bauchnabelhöhe vor mir hertrage.

Das weiße Ende der roten Nadel zieht mich zuerst durch die Föhrenstraße in das Hundewäldchen, dann am Bad Allenmoos vorüber, in welchem ein einzelner Mann mit dem Aufräumen des Sommers beschäftigt ist, danach zu den Schrebergärten mit ihren Zwiebeln und aufgestängelten Broccoli, dann am stacheldrahtgeschützten jüdischen Friedhof Steinkluppe vorbei quer über den Sportplatz und mitten über die Wiese zwischen zwei Wohnblöcken.

Zu meiner Überraschung hält die Schaffhauserstraße stadteinwärts ziemlich genau den Nord-Süd-Meridian ein. »Ost oder West, zu Haus das Best« lese ich auf einem alten Genossenschaftsbau. Gleich dahinter wirbt ein Reisebüro für Ferien in Australien, Neuseeland und der Südsee, und von der andern Straßenseite ruft eine Sprayinschrift herüber »Schweizer Pass? Kannst meinen haben!«. Am Schaffhauserplatz beginnt im Kompassgehäuse plötzlich ein wilder Tanz, die verschiedensten Tram- und Trolleybusdrähte zerren mit ihren Magnetfeldern an der Nadel, und erst an der Stampfenbachstraße kehrt wieder Ruhe ein. Der Straße entlang, vor Hauswänden und an Haltestellen, lagern sich immer wieder betörend leicht bekleidete Frauen, im Auftrag von Calida, H&M oder C&A.

Das großflächige Mosaik der kantonalen Finanzdirektion wird von einem Löwen bewacht. Vor den blassen allegorischen Gestalten stehen drei leibhaftige junge Frauen und rauchen eine Zigarette.

Die Nadel schickt mich neben der Limmat weiter zum Zürichsee. Vor dem Schweizerischen Heimatwerk, das farbige Kacheln und Tassen ausgestellt hat, liegt ein Kartonteller mit Senf- und Ketchup-Resten am Boden. »Kristallhöhle« nennt sich ein Laden an der Schipfe, »Zum Meerwunder« steht auf einem andern, und »Zum Bahnhof«, mit einem Pfeil versehen, auf einem dritten.

Am See angelangt, müsste ich eigentlich ein Stück schwimmen, spaziere aber stattdessen etwas nach Westen durch die Quaianlage, bevor ich wieder Kurs nach Süden nehmen kann. Auf einem Sockel steht »VATERLAND, NUR DIR«, aber der Sockel ist leer. Dafür hängt an einem etwas versteckten hölzernen Denkmal für die Gefallenen des Ungarnaufstandes ein frischer Kranz mit einer ungarischen Aufschrift auf den Schleifen. Ich freue mich, dass mir der Kompass das Durchschreiten des Arboretums erlaubt, eine Trauerbuche macht mir mit ihren langen Zweigen eine Laube, viele der alten Bäume wurden nie beschnitten, so dass ihre großen unteren Äste zum Teil im Boden verschwinden und wieder auftauchen.

Der Hafen Enge wird von einem Löwen auf einer Säule beschützt, auch über dem Portal der Schweizerischen Rückversicherung hocken zwei Löwen, der Kopf von Gottfried Keller blickt stoisch auf die Passanten, er weiß, dass niemand von ihnen seine sämtlichen Werke gelesen hat, die auf einem Steinquader hinter ihm eingemeißelt sind.

Das Strandbad Mythenquai ist für Fußgänger geöffnet, die Landiwiese, auf der ich zuletzt am bunten Treiben des Theaterspektakels war, liegt ungenutzt da und steht ganz dem Herbst zur Verfügung. Der Himmel verdüstert sich, schwarze Wolkenbänke verdecken die Voralpen im Hintergrund. Als ich zur nackten Frauenfigur auf der dünnen Stele hochblicke, bläst ein Windstoß Schwärme von Blättern von den Bäumen, und es sieht aus, als wirble die Frau sie mit ihren ausgestreckten Armen in den Himmel hoch. Am See beginnen die orangen Sturmwarnungen zu blinken.

Kurz nach der Roten Fabrik biegt sich das Seeufer leicht nach Osten, und ich muss unter der Eisenbahnlinie durch ins alte Wollishofen, mache dort Bekanntschaft mit einem Haus namens »Erdbrust«, und als ich kurz vor der Ortstafel »Kilchberg« zwei Feigen von einem Busch pflücke, der auf das Trottoir ragt, weiß ich, dass ich im Süden angekommen bin.

10.11.2010

Alp Bergalga

Zuhinterst im Seitental stehen drei Alphütten, und zu denen will ich. Zuvorderst im Seitental schnalle ich mir die Schneeschuhe an, die ich gemietet habe, denn in den letzten Tagen ist hier fast ein halber Meter Schnee gefallen.

Was im Sommer eine Fahrstraße ist, wird im Winter zum Langlaufen benutzt, und gestern ist die schwere Spurmaschine nach hinten gefahren und hat die Loipe gelegt, auf der aber noch niemand unterwegs ist. Ich gehe auf der flachgepressten Skatingseite der Spur, die bereits wieder von einer frischen Schneeschicht bedeckt ist, auf der ich leicht einsinke. Auch die Wanderstöcke sinken ein, da ich vergaß, die Teller hinter den Spitzen zu befestigen.

Der Himmel hat im Lauf des Vormittags seine Schleier fallen lassen und wartet mit einem Blau auf, dessen Helligkeit den Schnee zu spiegeln scheint. Im Mattenbach, der nach einem kurzen Anstieg überquert wird, liegt weiter oben ein erster Schneerutsch. Ich blicke zur Bergflanke hoch, kann aber keine Gefahr erkennen. Trotzdem wähle ich nach einer Weile die zweite Spur. Sie verläuft nicht am Hang entlang, sondern im Talboden, ganz nahe am Fluss, der ebenfalls am großen

Glitzern dieses Tages teilnimmt. Als die Loipe kehrt macht, verlasse ich sie und gehe geradeaus auf die Alphütten zu.

Ohne die Hilfe der Spur wird das Gehen mühsamer, der Tiefschnee verlangt einen langsameren Schritt. Häufig kreuze ich Tierspuren und bedaure, dass ich sie nicht lesen kann. Eine, die immer wieder auftaucht und durchs Tal mäandert, gehört, so vermute ich, dem Fuchs, und die zarten, fast gewichtlosen Tritte dürften wohl von einem Wiesel stammen. Eine kräftige Spur, die von hoch oben schnurgerade zum Fluss hinuntergeht und auf der andern Seite wieder hinauf, schreibe ich einer Gämse oder einem Steinbock zu.

Wovon leben diese Tiere im Winter? Wie überleben sie ihn? Ich werde mir heute Abend zwei Spiegeleier und ein paar Teigwaren machen und in der Wärme sitzen, aber an welchen Felsblock wird sich die Gämse schmiegen, die vielleicht nichts zu fressen gefunden hat an diesem Tag? Tief unter mir liegen die Murmeltiere in ihrem halbjährigen Schlaf und hören mich nicht. Ab und zu rühren sie sich, um einander abwechselnd aufzuwärmen und sich dann wieder in den Knäuel der Sippe zu kuscheln. Vor ein paar Tagen hat der Wildhüter ein krankes Murmeltier erschossen, das nicht schlafen konnte und stets wieder aus der Höhle kam.

Ich habe den Fluss auf einer kleinen Brücke überschritten und bin nun am Hang, auf dem auch die Alphütten stehen. Sie scheinen ganz nahe, rücken aber immer wieder von mir weg. Ich muss Bachläufe überschreiten, mit großer Vorsicht, denn ich bin allein. Die Fußabdrücke, die ich hinter mir zurücklasse, könnten von einem Yeti sein, sie haben mit der Feinheit der Tierspuren nichts zu tun.

Als ich die Hütten erreiche, ist es Viertel nach zwei, und die Sonne verschwindet hinter dem Grat. Es gibt nichts Verlasseneres als Alphütten im Winter. Hat mir hier nicht eben noch die Sennerin ihre Käsekessel und das Käselager gezeigt? Und haben wir nicht in der Sonne ihren Bergblumentee getrunken? Und haben die Schweine nicht vergnügt gequiekt und gegrunzt, als ihre Futtertröge gefüllt wurden? Jetzt hängen die Eiszapfen von den Dachrinnen, Fenster und Türen sind verriegelt, und aus der Böschung vor dem Vorplatz starren verdorrte Blacken wie arme Seelen aus dem Schnee.

In der Höhe aber sonnen sich die Berggipfel und breiten ihre weißen Mäntel aus, feine Wölkchen wehen über die Kämme, Gebirgsgedanken.

Als ich zur Brücke hinuntergehe, lockern sich meine Schneeschuhe. Das habe ich schon lange befürchtet, ich schlüpfe aus den Halterungen, und da ich sie im knietiefen Schnee nicht justieren kann, nehme ich sie in die Hände und stake auf die andere Seite des Tals, doch erst bei der Loipe kann ich meine Schuhe wieder einpassen und die Bänder straffen.

Während ich mit leichterem Schritt dem Taleingang zustrebe, blicke ich über den Fluss zum gegenüberliegenden Hang und sehe mit Befriedigung die lange Spur, die sich dort einer abgerungen hat, irgendein Nachmittagsabenteurer.

20.11.2010

Nach Norden

Jetzt will ich wissen, wo Norden ist.

Ich trete zum Gartentor hinaus, nehme meinen Kompass hervor, er weist mich zum Bahnhof Oerlikon und von dort in Richtung Seebach. Heute Nacht ist der erste Schnee über Zürich niedergegangen und gibt auch so banalen Alltagsteilnehmern wie Schaltkästen, Zeitungsständern und Abfallcontainern den kleinen weißen Wintercharme.

Aber kalt ist es. Vor einer Ampel warte ich neben einem hageren jungen Kapuzenmann, der frierend an seiner großen Bierdose festhält, als wäre es Hochsommer.

In der schmalen, unbeleuchteten Fußgängerunterführung des S-Bahnhofs Seebach werde ich entgegen meiner Erwartung nicht überfallen und gehe zum Schulhaus hinauf, einem großen, nüchternen, ehemals modernen Flachdachbau, auf dem ein kleines Solarkraftwerk Platz hätte. Der Norden liegt unter dem Durchgang vom Hauptgebäude zur Turnhalle.

So viele Mietblöcke, und immer noch werden neue gebaut. »Prognose: Viele Jahre Zufriedenheit« steht auf einem Bauplakat, das die entstehenden Wohnungen anpreist.

Endlich ein unverbautes Feld, eine letzte Stadtrandvilla,

und dann lotst mich die rote Nadel zu einem stetig anwachsenden Lärm. Wenig später stehe ich auf einer Brücke über die Autobahn, auf welcher man Zürich nördlich umfährt, beide Spuren sind dicht besetzt, ein Transporthunger ohnegleichen muss hier gestillt werden.

Ein Wäldchen empfängt mich, ein Fahrweg versucht mich nach Westen abzudrängen, ich will aber nach Norden und stampfe durch eine kleine Lichtung voller Jungholz, dessen Stämme gegen den Wildfraß mit Metallröhren geschützt sind; unter dem Schnee des Abhangs vor mir verstecken sich Brombeergebüsche, die ich behutsam niedertrete, um auf die nächste Straße hinunterzugelangen.

Stämmige kleine Pferde fressen bei einem Gehöft das Gras unter dem Schnee weg, Isländer vielleicht, Boten des Nordens. Abgeerntete Mais- und Hopfenfelder werden von schwarzen Flatterern bekräht. Bald stehe ich vor der Bahnlinie und muss meinen Nordkurs nach Westen abfälschen, an einem Industrie- und Lagergelände und dem Werkhof der Gemeinde Rümlang vorbei. Endlich kann ich unter der Bahnlinie hindurch, komme zum Hotel PARKINN, mit einem McDonald's-Drive-In, und finde mich vor dem nächsten Hindernis, der Glatt. Der Geruch von Bratfett mischt sich mit demjenigen von Flusswasser, ich spaziere an einem Baumaschinenpark und einem Gaslager vorbei, bis ich die Glatt auf einer Fußgängerbrücke überqueren kann.

Der Wald, dem ich nun wieder genau auf Nordkurs zustrebe, liegt am Ende einer Startbahn des Flughafens, immer wieder steigen Flugzeuge dröhnend auf und verlassen Zürich in derselben Richtung wie ich. Ein Falke rüttelt ungerührt unter den Fliegern und über dem Feld.

Für Momente ist der Wald mit den zart verschneiten Zweigen seiner Büsche und Bäume von einer magischen Stille erfüllt, dann fegt zwischen den Stämmen hindurch das Gebrüll von Triebwerken von der anderen Seite her, wo es auf der Landebahn um schnelles Abbremsen und Schubumkehr geht.

Hinter dem Wald steuert mich der Kompass zwischen Geflügelfarmen zum Parkplatz bei der Landepiste, deren rot gepunktete Leitlinien zur Heimkehr einladen. Nach Norden blickend, sehe ich, wie sich die Flugzeuge im grauen, langsam dämmernden Himmel eines nach dem andern in die Anflugskette einreihen. Ihre Scheinwerfer erinnern mich an die großen Augen von Kühen, die langsam auf das geöffnete Stalltor zukommen.

26.11.2010

Barbara

Ich besuche selten Heilige, aber heute mache ich eine Ausnahme.

Mit meinen alten Bergschuhen stapfe ich durch das verschneite Hundewäldchen zum verschneiten Freibad, will die Strecke zur Hofwiesenstraße abkürzen und gerate in eine Sackgasse, überklettere einen Drahtzaun, öffne verstohlen ein Gartentörchen hinter einem Wohnblock und dringe schließlich zur gesuchten Straße vor. Neben der Tramlinie hergehend, lange ich gegenüber vom Radio Studio bei einem Terrain an, das hinter einer hohen provisorischen Mauer eingekerkert ist, damit man seiner Hässlichkeit nicht ausgesetzt wird. Denn dort, wo sich früher die kleinen Glückslandschaften mit Himbeeren, Rhabarber und Rosenstöcken aneinanderreihten, ist heute eine Wüste aus Parkplätzen, Baumaterialien, Werkhöfen und Kantinenbaracken, und der Schnee liegt als grauer Brei von Lastwagenspuren durchzogen am Boden.

Mit einem Bekannten, der mich in Stiefeln erwartet, gehe ich dann zum großen, durch Gitter geschützten Schacht, an dessen Rand ein Fahrkorb angebracht ist. Ein italienischer Bauarbeiter will uns zwei Helme geben, aber mein Bekannter hat seinen eigenen Helm und einen für mich mitgebracht, und so ausgerüstet fahren wir in die Tiefe. Ich finde das italienische Wort für Helm nicht und frage den Mann, der den Lift bedient, aber er stammt aus Montenegro. Unten angelangt, müssen wir zuerst warten, bis eine Plattform mit dem Kran nach oben gehievt wird, ihr Gewicht ist mit 13 Tonnen angeschrieben. »Casco«, sagt der Arbeiter am Schachtgrund auf meine erneute Frage. Jetzt weiß ich, womit mein Schädel beschützt wird, und wir dürfen zum Tunneleingang. Im Tunnel, durch den in ein paar Jahren die Züge unter der Stadt durchsausen werden, ist es sauberer als draußen.

Im Neonlicht marschieren wir in die Richtung des Hauptbahnhofs, hinter uns hören wir nach einer Weile Jodeltöne, ein Chor folgt uns. Ein Auto kommt uns entgegen, der Fahrer hebt freundlich die Hand, als wir zur Seite treten. Vor einem Quergang, der nach links abbiegt, stehen Tische mit Wein, Mineralwasser, Orangensaft und Aperogebäck.

Der Quergang bringt uns nach wenigen Metern in eine zweite Tunnelröhre, durch die man in einem Notfall zum Bahnhof Oerlikon fliehen könnte. Dort steht eine Bühne, von zwei Tannenbäumen flankiert, welche bis an die Decke reichen. Ein großes Kreuz, dessen Umriss von Lämpchen nachgezogen wird, steht daneben. Auf der Bühne ist ein Tisch als Altar hergerichtet, der Pfarrer, noch in zivil, macht eine Tonprobe. Der Chor, der hinter seinen eigenen Jodeltönen hergelaufen ist, trifft ein und macht ebenfalls eine Tonprobe.

Als ich das nächste Mal zum Altar schaue, erblicke ich die Heilige. Wie sie hergekommen ist, weiß ich nicht, aber da steht sie, klein, zierlich, aus Holz geschnitzt, Barbara, die Schutzpatronin der Tunnelbauer und Mineure. Und für sie wird heute, an ihrem Namenstag, im Fluchtstollen, der sich immer mehr mit behelmten Arbeitern, Bauführern, Maschinisten und Ingenieuren gefüllt hat, eine Messe abgehalten. Der Pfarrer, nun im Ornat, doch auch mit einem Helm versehen, bittet die Heilige Barbara auf Deutsch, Italienisch, Spanisch, Portugiesisch und Bosnisch um den Schutz Gottes, der Chor singt ohne Helm auf Englisch Spirituals und »Happy day«, und ich hoffe sehr, dass die kleine Frau da vorne zuhört und in der Lage ist, die Gebete des Pfarrers und all dieser breitschultrigen, starkhändigen Männer weiterzuleiten. Sie war während Generationen die einzige Frau, die im Tunnel geduldet wurde. Das hat sich mittlerweile geändert, aber noch immer verlassen sich alle auf sie. Als ich vor anderthalb Jahren bei einer öffentlichen Besichtigung den stämmigen Ungarn, der uns oben auf dem Installationsplatz äußerst kenntnisreich die Technik der großen Bohrmaschine erklärte, fragte, ob die heilige Barbara schon unten sei, sagte er ohne zu zögern: »Ohne die geht keiner runter.«

4.12.2010

Zum Zoo

Standhaft durchquere ich das Sonntagsglockengedröhn der katholischen Kirche Oerlikon und gehe zur Fußgängerunterführung der Autobahnzufahrtsstraße. Auf der Treppe grüße ich eine Asiatin, aber sie grüßt mich nicht. Aus einem Café tritt ein blinder Afrikaner mit einer angezündeten Zigarette im Mund und sagt »Hallo!«. Ein weißbärtiger Mann, der vor der Türe raucht, dreht sich nach ihm um, ohne etwas zu sagen.

Ich bin unterwegs zum Zürichbergwald. Am Waldrand ist ein Foto des vermissten Katers Mikesch befestigt. Das zwei Monate zurückliegende Datum lässt befürchten, dass er nicht mehr auftauchen wird.

Über letzte Schneereste steige ich auf dem Fahrweg langsam in die Höhe. Schmelzbächlein tanzen frühlingshaft zwischen dem nassen Laub hinunter. Die Glocken sind verstummt, von Zeit zu Zeit trägt eine Luftwirbelschleppe das Geheul eines startenden Flugzeugs von Kloten herüber. An einer Station des Vita-Parcours hängen ungebrauchte Ringe.

Ein Jogger, Stöpsel im Ohr, rennt mir mit gequältem Gesichtsausdruck entgegen und blickt mich vorwurfsvoll an. Zum Wald hinaustretend, sehe ich eine Bahnhofshalle, in deren gewölbten Kunststoffrippen die Sonne glitzert. Dort drin wird der Regenwald simuliert. Über die Wiese brüllt ein Tiger, lang zuerst, dann in kurzen Stößen, als würde er seinen Hunger morsen.

Im Durchgangsheim des Zürcher Tierschutzes sitzt ein einsamer Kater in einem Gehege. »Mikesch?«, frage ich ihn, aber er reagiert nicht.

An der Zookasse löse ich einen Eintritt in die andere Welt. Flamingos stehen einbeinig in Tümpeln, Königspinguine kratzen sich mit dem Schnabel unter den Flügeln, Elefanten führen ihr Gewicht spazieren. Eltern drehen ihren Kindern die Köpfe in der Richtung, in welcher der Nasenbär oder die Oryx-Gazelle zu sehen ist, aber die Kinder sind ebenso sehr daran interessiert, ein Schneehäufchen zu zerstampfen oder in einem Teich die Fische zu zählen.

Ich suche den Tiger, den ich vorhin gehört habe, und finde ihn. Er taucht unvermutet auf, geht durch sein Revier, bleibt auf einer Felskanzel kurz stehen, hinter dem Schutzglas klicken die Fotoapparate, dann dreht er sich um, verschmäht das Fleischstück, das man ihm hingelegt hat, und verschwindet im Wäldchen. Er hat seinen Beruf als Zootier ausgeübt, und die Kinder können sich wieder den Fischen zuwenden.

»Es sind drei«, sagt eines.

»Nein, vier«, sagt das andere.

12.12.2010

Fägswil

Winter, Winter! Es gibt ihn doch noch. In den letzten zwei Tagen sind große Schneefälle übers Land gezogen, haben mit ihrer Sanftheit den Lärm aus den Städten entfernt, mit ihrer Langsamkeit Straßen und Flughäfen angesteckt und mit ihrer Schönheit die Landschaft neu entworfen. Gestern blieb ich den ganzen Tag im Haus und schaute immer wieder durch die Fenster dem lautlosen Tanz der Flocken zu, heute will ich hinaus.

In Hinwil warten schon drei Frauen mit Schlitten auf denselben Bus wie ich, der verschneit und verspätet eintrifft. An der nächsten Haltestelle steigt, auch mit einem Schlitten, ein alter Mann zu, dem beim Bezahlen die Münzen aus dem Portemonnaie fallen, der Chauffeur kniet nieder und klaubt sie vom nassen Boden auf.

In Wernetshausen steige ich aus, die Schlittenleute fahren noch weiter in die Höhe, sie haben sich das Wort Girenbad wie eine Verheißung zugeraunt. Ich suche die Straße zum Hasenstrick, und zu meiner Freude ist ein Wanderweg gepfadet.

Der Blick von hier ist frei und weit, ein Stück des Zürichsees ist zu sehen, hinter seiner graublauen Fläche sind die Voralpen aufgereiht, ich grüße sie, zusammen mit den Dörfern in den Niederungen und dem ganzen Mantelsaum des Bachtels, auf dem ich stehe. Alles schimmert in einem diesigen Blendlicht.

Kalt ist es. Außer mir sind noch einige Winterfreudige unterwegs, vier Langläufer kreuzen die Straße und bewegen sich auf einer improvisierten Spur weiter, zweimal sehe ich Paare, welche mit Schneeschuhen der Entschleunigung huldigen. Tief verschneit der kleine Flugplatz beim Hasenstrick, auf dem sommers Rundflüge angeboten werden, er steckt mit dem Parkplatz unter einer Decke. Von hier steige ich ab, dem Wegweiser nach Rüti folgend, über abfallende Pfade, die nur durch Tritte anderer zu erkennen sind, durchquere eine Siedlung von Terrassen- und Einfamilienhäusern, hinter der Kinder schlitteln, und merke irgendeinmal, dass ich zu weit nach Osten gehe. In einem Waldstück frage ich einen, der gerade einen Baumstamm des Fitnessparcours freiwischt, um darüber hin und her zu hüpfen, ob ich auf diesem Weg nach Fägswil komme. Der Sportler reagiert, als hätte ich ihn nach Nowosibirsk gefragt.

Eine glitzernde Ebene öffnet sich. Auf einem Hügel wird vor einer Blockhütte ein üppiges Picknick vorbereitet. Zwei Reiterinnen traben mir entgegen, ein Pferd zieht einen Schalenschlitten hinter sich her, auf dem eine jauchzende dritte Frau sitzt. Nun erst nehme ich meine Karte hervor, die mir bestätigt, dass ich auf dem falschen Weg bin. Zurück bis zur Terrassensiedlung? Das kann ich doch abkürzen. Ich stapfe am Waldrand entlang bis zu einer Bahnlinie, gehe über die Geleise und blicke in eine Schlucht. Mir gegenüber liegt Fägswil, aber da hinunter und über den Fluss scheint mir nicht ratsam.

Weiter oben muss eine Straße die Bahn kreuzen, also marschiere ich dem Trassee entlang durch den Wald und versuche, auf die Schwellen unter dem Schnee zu treten, um nicht so tief einzusinken. Auf einmal bin ich sibirisch allein, überlege mir, ob diese Linie überhaupt in Betrieb ist, bis der Angstschrei einer Lokomotive ertönt und ich mich mit einem Sprung auf die Böschung vor dem durchstiebenden Zug in Sicherheit bringe.

Von meinem Handy aus rufe ich die Freunde an, die ich besuchen will. Sie haben trotz meiner Schilderung Mühe, mich zu orten, denn da, wo ich jetzt bin, waren sie wohl noch nie. Ich passiere einen Pfahl mit einer Querlatte, auf dem steht »Kari 27.8.98«, und ich frage mich, ob Kari diesen Pfahl gesetzt hat oder ob er hier auf der Suche nach einer Abkürzung verunglückte. Selten hat mich der Anblick von Autos so erleichtert. Weiter vorne fahren sie über die Geleise, ich erreiche die Straße, steige sofort auf einem Fußweg, den heute noch niemand ging, in die schattige Tiefe, überquere auf der Brücke den halb zugefrorenen Fluss, mühe mich auf der Gegenseite wieder hinauf und trete in der Abendsonne auf einen großen Acker, über den eine Krähe fliegt. An seinem Rand drängen sich die Häuser von Fägswil zusammen, und in einem davon sind meine Freunde, die mich mit selber gebackenem Brot, Bündnerfleisch, Birnenbrot, Tee und wärmenden Wintergesprächen erwarten.

18.12.2010

Der kürzeste Tag

Um halb neun Uhr abends treffe ich meine Frau am Hauptbahnhof. Sie war mit einer andern Frau zum Essen. Die Halle ist vollgepresst mit Ständen, an denen Dinge feilgeboten werden, die man sich zu Weihnachten schenken kann. Sie werden überragt von einem riesigen künstlichen Tannenbaum, der aussieht, als wäre er gänzlich im Rauhreif erstarrt. Das Gedränge ist so groß, dass wir nicht nebeneinandergehen können.

Aufatmend treten wir aus dem Bahnhofsgebäude und spazieren am Coop vorbei, einem baulichen Unding, das ebenso hässlich wie dauerhaft in die Limmat hineingebaut ist und an dem sich vor über 40 Jahren, als es noch Globus-Provisorium hieß, die 68er Unruhen in Zürich entzündeten. Studenten und Jugendliche forderten damals, dieses als Jugendzentrum freizugeben, und bei der ersten großen Demonstration wurden viele Festgenommene von der Polizei im Keller des Gebäudes verprügelt. Davon ist heute nichts mehr zu spüren, und die Polizei ist nicht mehr im Keller, sondern im Obergeschoss, wie ich im Vorbeigehen am Hintereingang lese. Bräuchte ich Hilfe, könnte ich hier klingeln.

Über die Fußgängerbrücke gehen wir in einem leichten Nieselregen zum Limmatquai hinüber. Die Bäume am Flussufer sind alle mit Glühbirnen gespickt und sehen wie eine Reihe aufgespießter Orangen aus. Auch im Niederdorf haben noch Weihnachtsbuden geöffnet. Am Rindermarkt hängen weiße und farbige Lichttropfen über der Gasse. Kein Schaufenster, das nicht mit Sternen, Lichtgirlanden, Pakettürmen oder Weihnachtsmännern geschmückt ist. Die ganze Stadt ist ein einziger Geschenkauftrag.

Durch das schmale Rehgässlein begeben wir uns zu einem kleinen Platz. Dort schenkt eine Bekannte von uns den Menschen ein Feuer. Es lodert und flackert, von einigen Bänken umringt, und wer will, kann sich ein Scheit von einem Stapel nehmen und es ins Feuer legen oder stellen, denn die Hölzer halten sich aneinander, wenn sie ihre erstaunlichen Vorräte an Flammen, Rauch und roter Glut, die in ihrer unscheinbaren Form verborgen sind, hinauf ins Dunkle schleudern, der Nacht und dem Regen zum Trotz, bevor sie sich langsam in Kohle und Asche verwandeln.

Hier zu stehen oder zu sitzen, einen dampfenden Tee zu trinken und ins Gespräch zu kommen mit andern, die auch durch das Feuer angelockt wurden, ist eigenartig schön und still und lässt einen hoffen, dass die Tage wieder länger werden.

21.12.2010

Neujahr

Meine Frau und ich verlassen unser Haus zu einem kleinen Nachmittagsrundgang. Das Himmelslicht ist grau, oberhalb der Wolkendecke soll, wenn man dem Wetterbericht trauen darf, die Sonne scheinen. Auf der Föhrenstraße liegen Reste von Feuerwerk, Raketenhülsen, verklebte Vulkanteile und Plastikstücke von unidentifizierten fliegenden Objekten.

Schneehaufen an den Straßenrändern erinnern daran, dass wir im Winter sind. Im Wäldchen liegen Baumstämme um die Feuerstelle herum, gefällte Monster, von feinen weißen Panzern überzogen.

Das neue Jahr hat eingeschlagen wie eine Neutronenbombe. Die Stille ist geradezu unglaublich. Kein Mensch auf den Straßen, kein Laut dringt aus den Häusern. Nur die blassen Lichtlein auf den Balkonen und die Sterne hinter den Fensterscheiben leuchten weiter, offenbar wurde die Elektrizitätszentrale nicht beschädigt.

Zaghaft läuten wir an einer Haustür und sind erleichtert, als uns eine junge Frau öffnet. Zu ihr wollen wir, zu ihr und ihrem dreimonatigen Kind, das wir noch nicht gesehen haben. Die Mutter der jungen Frau sitzt in der Stube und hält das winzige Mädchen auf den Armen. Als wir näher treten, um es anzuschauen, öffnet es sein rechtes Fäustchen. Wir sind überzeugt, dass es uns grüßt. Später lächelt es sogar. Wir sagen »Hallo, Olga!« zu ihm und wünschen ihm ein gutes neues Jahr. Als wir uns verabschieden, wissen wir, dass es auf diesem Planeten Leben gibt. Leben und Zukunft.

Auf dem Heimweg kommen wir beim Albin Zollinger-Platz vorbei. Die Inschrift auf dem Gedenkstein, an dessen Einweihung ich vor fast 30 Jahren auch dabei war, ist schon etwas verwittert: »Der Dichter ist ein Anwalt des Lebendigen, des Wagnisses.«

1.1.2011

Der Gletscher

Den Morteratsch-Gletscher im Engadin, so war kürzlich zu lesen, gebe es eigentlich nicht mehr.

Das will ich nicht glauben, und bei der Bahnstation Morteratsch ziehe ich meine Langlaufski an und beginne mit dem Aufstieg. Am Rand des Fußgänger- und Skatingwegs ist eine Loipenspur angelegt. Dort, wo es nicht allzu steil ist, kann ich sie benützen, sonst muss ich mich mit gespreizten Ski den Weg hocharbeiten.

Auf einem Felsblock am Eingang des Tals ist die Zahl 1878 eingemeißelt und mit roter Farbe nachgezogen. Bis hierher reichte damals der Gletscher. Von da öffnet sich auch der Blick auf die Berggipfel, welche den Talkessel abschließen, von der Bellavista über den Piz Bernina bis zum Piz Morteratsch, sie gehören zu meinen alten Bekannten, wie der Gletscher auch. Die Seitenmoränen verlaufen auf beiden Seiten des Tals so hoch, dass es einem schwerfällt, sich die ganze Eismasse vorzustellen, die sich hier einst breitmachte.

Es ist Vormittag, noch dringen die Sonnenstrahlen nicht über die Berggrate, das Thermometer an der Bahnstation zeigte minus 10 Grad. Gut für den Gletscher, denke ich und passiere nach einer Weile mit klammen Fingern eine Tafel, die den Stand der Gletscherzunge von 1900 markiert. Es folgen in Abständen von etwa 200 Metern und 20 Jahren weitere Tafeln, welche den Raum direkt in Zeit umwandeln. Erstaunlich viele Bäume sind seit dem letzten Zungenkuss des Gletschers im Talboden gewachsen, Lärchen vor allem, die schon drei- bis viermal so hoch sind wie ich.

Langsam gleite ich in meinen Jahrgang. Bei der Tafel 1960 merke ich auf. In diesem Jahr war ich zum ersten Mal hier, und immer noch liegt der Gletscher, über den ich damals im Sommer hinunterwanderte, weit hinten. Ab dann wurden die Tafeln alle 10 Jahre gesetzt, und als ich nach fast einer Stunde im Jahr 2000 angelangt bin, ist der Weg zu Ende, aber noch ist die Mündung des Gletschers nicht erreicht. Ich ziehe die Ski aus und gehe zu Fuß zu dem, was vom Gletscher noch übrig blieb. Der Gletscherstumpf, eine schräge, schneebedeckte Wand von einigen Metern Höhe, gibt am Fuß ein Gebilde aus aperem Eis frei, das nicht wie ein Tor aussieht, auch nicht wie eine Zunge, sondern eher wie ein Schlund. Trotz der tiefen Temperatur tropft es von den Lippen dieses Schlunds, und auf einmal sehe ich, was es wirklich ist: ein breiter, geöffneter Mund, der einen unhörbaren Schrei ausstößt, einen Schrei eines Lebewesens in Agonie, einen jahrzehntelangen, jammervollen Todesschrei.

4.1.2011

Vogel Gryff

Auf dem Weg zu einem alten Wort habe ich lauter Wörter angetroffen, die mir neu waren. »Teufelskrallenbalsam« lese ich groß auf einem Stand am Basler Barfüßerplatz, und das Wort soll alles heilen, was schmerzt, reißt, zieht, brennt, juckt und zwickt. Ein Plakat teilt mir mit, dass auf dem Münsterplatz eine »Oberflächenerneuerung« stattfindet: orange Arbeiter ziehen Gräben im Pflaster, um die Wasserleitungen unter der Oberfläche zu erneuern. Am Münster ist der Georgsturm eingerüstet, Bilder zeigen den Fortgang der Renovationsarbeiten. Von einem der Bilder grinst mich ein frisch geputzter »Turmrippenanfänger« an, der die Form einer »Doppelechse« hat. In einer Baracke neben dem Münster werden Fundstücke aus früheren Grabungen auf dem Platz gezeigt, unter anderem eine »Zwiebelkopffibel«. Die Wörter werden nun immer älter. Ein Haus, in dem der Satiriker Sebastian Brant vor 500 Jahren sein »Narrenschiff« geschrieben hat, heißt »Zum Sunnenlufft«.

Auf dem Weg zur mittleren Rheinbrücke komme ich dann wieder in der Neuzeit an. Vom »Center of beauty« schaut eine liegende nackte Frau von einem Plakat zur »Condomeria« auf der anderen Straßenseite hinüber. Jemand hat ihr mit Filzstift ein Lächeln und zwei Augenlöcher aufgemalt, was dem ganzen Körper jede Erotik nimmt. Gleich dahinter lockt das »Elftausendjungferngässchen«.

Bevor ich den Rhein überquere, werfe ich noch einen Blick auf den »Lällekönig« am Eckhaus vor der Brücke, eine Figur, welche Kleinbasel am andern Ufer die Zunge herausstreckt.

Wenig später stehe ich dort bei Bekannten auf dem Balkon und höre flussaufwärts Böllerschüsse, sehe auch Rauch aufsteigen, und dann treibt unter der Brücke ein Floss durch, auf dem Tambouren irre Trommelwirbel hinlegen, zu denen der grün gewandete »wilde Mann« tanzt, Kleinbasel zu- und Großbasel abgewandt, während zwei Geschützmeister auf den vorderen Auslegern einen Schuss nach dem andern abfeuern.

Den Rheinweg hinunter marschiert das alte Wort, das ich sehen wollte, der »Vogel Gryff«, in einem schweren Kostüm mit Krallen, Flügeln, Schwanz und einem Fabelkopf, begleitet vom »Leu« in einem zottigen Pelz, um den »wilden Mann« bei seiner Landung zu empfangen.

Unter dem Applaus der Zuschauer und dem fröhlichen Geschrei von Kindergarten- und Primarschulklassen schreiten sie zu dritt den Weg wieder herauf, hinter ihnen die Trommler in historischen Gewändern, vor ihnen die Narren, welche »Ueli« genannt werden und Sammelbüchsen schwingen, in die man Geld für die Bedürftigen einwerfen kann. Als Erster der Gruppe schwenkt der wilde Mann einen Tannenbaum, den er samt den Wurzeln ausgegraben hat, bedrohlich hin und her, wischt damit auch dem einen oder andern Honoratioren den Hut vom Kopf, und die mutigsten der Kinder versuchen sich einen der Äpfel zu schnappen, die in seinem Kopfkranz oder im Efeugeschlinge seines Gürtels versteckt sind.

Fast eine Stunde warten wir dann in der Mitte der mittleren

Rheinbrücke beim Käppelijoch, von wo man früher die Übeltäter im Rhein ertränkte, auf das Eintreffen der Boten aus anderen Zeiten. Nach einer halben Stunde wird der Tram- und Autoverkehr eingestellt, von Polizisten, die eigens zu diesem Anlass ihre alten, hohen, autoritätsvergrößernden Helme aufgesetzt haben. Das Publikum wird immer dichter, und dann bahnen sich die drei Figuren unter dem Schutz der Trommler einen Weg, drehen sich bei der kleinen Kapelle um, gehen einzeln tanzend auf den »Spielchef« der Kleinbasler »Ehrengesellschaften« zu, elegant der Leu, ausschweifend der wilde Mann, etwas stakig der Vogel Gryff, machen vor ihm einen Kratzfuß und bewegen sich dann rückwärts zur Brückenmitte zurück, damit sie sich auf keinen Fall dem Lällekönig auf der Großbasler Seite zuwenden müssen. Der genau gleiche Tanz wird noch einmal wiederholt, der Spielchef zieht seinen Hut, sagt »Danke, Vogel Gryff!«, dann ziehen sie ab, die alten Wörter in den alten Kostümen, Kleinbasel und der Zukunft zu, und nach kurzer Zeit fährt mit dem ersten Tram wieder die Gegenwart über die Brücke.

13.1.2011

Lägerngrat

Wir haben unsere Landstriche bis zum Äußersten aufgefüllt. Unsere Haupttätigkeit, der wir geradezu erbittert nachgehen, ist das Wohnen. Wie Gletscher der Eiszeit kriechen unsere Siedlungen durch die Flusstäler, legen sich um die Seen, werden auf die Hügel gedrängt. Sie treiben Flüchtlinge vor sich her: Stille und Einsamkeit.

Die gefallen mir aber, die suche ich, und vielleicht sind sie näher, als die Luftaufnahmen unserer Gegend vermuten lassen.

Nach zwanzig Minuten Zugfahrt verlasse ich die Bahn in Baden, gehe durch die Altstadt zur Limmat-Holzbrücke hinunter und steige einen Treppenweg zum Schloss Schartenfels hinauf. In der Nacht und heute Morgen ist Schnee gefallen, auf den Stufen ist er bereits ausgetreten.

Zwei junge Frauen überholen mich nacheinander, die eine ermahnt mich, als ich ihr mein Ziel nenne, zur Vorsicht, ebenso wie der Wegweiser beim Schloss Schartenfels, welcher das Wort »Gratweg« mit einem Ausrufezeichen verschärft.

Ich weiß das, bin wintertauglich ausgerüstet, habe den Wanderstock dabei, den ich aus dem Rucksack ziehe und verlängere, während sich hinter dem Schloss ein Paar küsst, als habe es seine Liebe erst gerade entdeckt.

Und dann wage ich mich auf den schmalen Pfad zwischen den Bäumen und sehe mit Befriedigung, dass ihn heute noch niemand begangen hat, niemand außer einem Pfotentier. Es folgte so getreulich dem Weg, dass ich mich von seinen Spuren leiten lassen kann, ich beschließe nach einer Weile, es für einen Fuchs zu halten. Eine Tafel bittet mich dringend, keine seltenen Pflanzen zu pflücken, doch die Gefahr, jetzt von einer Graslilie, einem blauen Lattich oder einem langblättrigen Hasenohr in Versuchung geführt zu werden, ist gering.

Ab und zu geben die Bäume den Blick frei auf den Häuserbrei von Baden, Wettingen, Neuenhof und Dietikon im Osten, und von Ennetbaden, Turgi und Brugg im Westen, auch die Geräusche sind zu hören, Autos vor allem, manchmal ein Zug. Im Norden hebt sich die düstere Rauchfahne des Atomkraftwerks Leibstadt von den noch düstereren Wolken des Tiefdruckgebiets ab, das mit weiteren Schneefällen droht.

Der Weg wird nun immer sichtbarer zu dem, als welcher er angekündigt ist, immer unerbittlicher fallen die Felsen links und rechts ab, und der Schnee macht die speckigen Kalkfelsen noch rutschiger, als sie schon sind.

Einen Moment lang habe ich das Gefühl, direkt auf der Erdgeschichte zu gehen, auf diesem Felsrücken, der am Ende der Kreidezeit aus dem Urmeer emporgehoben wurde.

Als sich eine längere, fast baumlose Gratpartie zeigt, versuche ich die in den Schuhsohlen an Gummikränzen versenkten Metallstifte hervorzuholen. Es gibt Einfacheres, als die Schuhe im Schnee auszuziehen, umzudrehen und an ihnen herumzuwürgen, ohne sich die Füße feucht zu machen, aber schließlich kann ich die exponierte Stelle nagelbewehrt und in fast alpiner

Stimmung überqueren. Seit kurzem folge ich Menschenspuren, die auf einmal aufgetaucht sind, ohne dass ich ausmachen konnte, woher. Der Fuchs ist verschwunden.

Nach dem Gipfelpunkt des Grates, kurz vor dem Lägernsattel, bleibe ich stehen. Nichts ist zu hören. Kann das sein? Oder habe ich durch ein Zeittor die Gegenwart verlassen?

Bikerspuren, ich lächle. Da hat es einem Vergnügen bereitet, sein Rad den kleinen Pass hochzustoßen. Dann fällt mir ein, dass man auch über meine Spuren lächeln könnte.

Im einsetzenden Schneegestöber schlage ich den Weg unter dem Grat ein, zurück nach Baden.

Bei der Waldhütte Chaltbrünneli halte ich an, knie nieder, um drei Schlucke wirklich kaltes Wasser aus dem Brünneli zu trinken, und setze dann zu einem leichten Laufschritt an, durch das Gefälle beschleunigt, durch den Schnee abgefedert.

Als ich kurz vor dem Schloss Schartenfels einer Frau mit vier Kindern begegne, schaue ich auf die Uhr und merke, dass ich während zweieinhalb Stunden keinen einzigen Menschen angetroffen habe.

20.1.2011

Nach Westen

Wenn wir im Sommer abends auf dem Balkon unseres Hauses sitzen, können wir hinter den vielen Nachbarhäusern und den wenigen Bäumen einen kleinen roten Streifen des Sonnenuntergangs sehen. Dort liegt der Westen, und dort will ich hin. Es ist Nachmittag, die Hochnebeldecke zeigt Risse, und vielleicht kann ich in zwei, drei Stunden in einen geröteten Himmel hineinlaufen.

Die Regensbergbrücke, welche die Geleise beim Bahnhof Oerlikon überquert, wird abgerissen. Ein Fußgängersteg führt während der Bauzeit auf die andere Seite. Trümmerblöcke liegen auf der Abbruchstelle neben den Schienen. Ein Bagger, der statt einer Schaufel einen mächtigen Metallstift hat, schiebt die Blöcke damit zuerst in seine Nähe, hebt dann den Stift in die Höhe und lässt ihn mit solcher Wucht auf den Stein sausen, dass dieser gespalten wird. Danach spaltet er das Abgespaltene gleich nochmals. Ein paar Männer blicken vom Steg durch eine durchsichtige Plane auf dieses Spektakel, leicht gebeugt, weil die Latte, welche die Plane hält, etwa auf Kopfhöhe angebracht ist.

Ich habe meinen Kompass mitgenommen und folge ihm

auf die Regensbergstraße. Vor der Bushaltestelle »Kügeliloo« sitzt eine Äthiopierin und schaut in eine Weite, die es nicht gibt.

Ein Schulhaus zwingt mich kurz in die Gegenrichtung, später ein Weg, der sich plötzlich krümmt, bevor er mir den Kurs mitten durch die Schrebergärten freigibt. Überraschend viele portugiesische Fahnen scharen sich um eine einzige Schweizer Flagge.

Und dann wieder Häuser, Häuser, Häuser. Wohnblöcke, Siedlungen. Die Sonne steht blass wie der Vollmond hinter den Hochnebelschleiern.

Die Wissensfestung der ETH Hönggerberg erhebt sich am Horizont, mein Kompass schickt mich an ihr vorüber. Quer durch eine Wiese stoße ich auf einen Wald, steige in ein Tälchen mit einer kleinen Brücke hinunter, den Gegenhang hinan und komme zu einem gefrorenen Teich.

Ein Hügel hinter dem Wald ist von 1 bis 29 nummeriert. Die geraden Zahlen fehlen. Würde hier geschossen, müsste ich einen andern Weg nehmen. Gleich daneben wieder Schrebergärten, über einem davon weht eine deutsche Fahne.

Wenig später sehe ich ins Limmattal hinunter und zurück nach Zürich, wo sich der junge grüne Maag-Tower selbstbewusst den drei alten Riesen des Lochergutes entgegenstellt. Ein tiefes Brummen lässt mich zum Himmel aufschauen; es klingt wie ein amerikanischer Bomber, der sich anschickt, seine tödliche Last auf Zürich zu werfen, ist jedoch bloß ein altes Militärflugzeug auf einem Nostalgieflug.

Häuser, Häuser, Häuser, für eine oder zwei Familien, danach eine große Neubausiedlung, und nun verblüfft mich der Kompass mit einem nächsten Wald, eine Weile läuft die Ost-West-Achse genau auf den Holzspänen eines Vita-Parcours.

Ein eigenartiger Vogelpfiff wiederholt sich mehrmals. Sein Absender ist ein Schwarzspecht, der von einem Baum zum andern fliegt und dann mit dem Kopf kurz hinter dem Stamm hervorblickt, zu mir, wie mir scheint.

Und erneut Häuser, Häuser, Häuser. In Oberengstringen angekommen, merke ich mit Freude, dass mich der Kompass zur Limmat bringen will, nur die Autobahn liegt noch dazwischen. Nach einem Umweg über Portugals Gärten marschiere ich eine Weile neben den Schallschutzwänden aus Plexiglas her, überschreite eine Brücke und bin dann am Ufer, wo sich ein ganzes Team von Arbeitern um eine defekte Wasserleitung kümmert, wie eine Gruppe von Notärzten. Es muss mich nichts angehen, denn ich darf nach Westen, am Fluss entlang, und die Frau, die mich fragt, ob ich einen Dackel gesehen habe, kann mir gleichgültig sein, so ist das eben im Westen, die Hunde laufen frei herum, wohin sie wollen, und ich sehe vor mir das Kloster Fahr und denke an die Dichterin Silja Walter, die hier das Leben einer Nonne führt. Drei Tage später werde ich hören, dass sie gestorben ist.

Ginge ich von hier noch weiter, käme ich nach Amerika, doch ich fahre im Bus zurück nach Osten. Sonnenuntergang gab es keinen, aber meiner Frau werde ich erzählen können, was es im Westen alles gibt: eine zerstörte Brücke, einen gefrorenen Teich, einen Schießstand ohne gerade Zahlen, Wälder, Schrebergärten, Autobahnen, einen Schwarzspecht, ein Frauenkloster, vor allem aber Häuser, Häuser, Häuser.

28.1.2011

Bethanien

Da schnallt einer seinen Rucksack auf, geht mit seiner Frau das Treppenhaus hinunter zur Türe, verabschiedet sich und bricht auf. Er wohnt seit über dreißig Jahren hier und geht vertraute Wege zu etwas Unvertrautem.

Auf einer Gartenmauer sitzt eine getigerte Katze, regungslos, erst als er mit den Lippen ein Lockgeräusch macht, dreht sie den Kopf nach ihm.

Es ist kalt, eben wurde ein dünnes Schneegeriesel durch die Straßen getrieben. Er fühlt sich, als sei er dem Gefrierpunkt persönlich begegnet.

Über dem Irchelpark flattern weiße Möwen und schwarze Krähen durcheinander, ihr Geschrei klingt nach Streit über die Lufthoheit.

Vor der riesigen Kirche, deren Namen ihm entfallen ist, steht ein steinerner Reiter mit ausgebreiteten Armen neben einem ebenso steinernen Pferd. In der Scheuchzerstraße geht er an einer Reihe renovierter Genossenschaftswohnungen vorbei, in Spickeln sind an jedem Haus Reliefs von nackten Männern und Frauen zu sehen, in sitzender Pose, mit leicht verrenkten Oberkörpern, bei deren Anblick ihn fröstelt.

Auf der anderen Straßenseite drücken fünf Schüler einen andern Schüler an einen Zaun und verspotten ihn. Als sie ihn, der den Tränen nahe ist, zurücklassen, sieht der Rucksackträger, dass drei von ihnen hinter der nächsten Biegung auf den Bedrängten lauern. Er geht zu ihm hinüber und sagt ihm, er begleite ihn bis zum Schulhaus. Die drei Schüler ermahnt er, drei gegen einen sei unfair. Der Bube sagt ihm, er gehe in die erste Klasse und die andern in die zweite und dritte, und als er erleichtert auf das Schulhaustor zu rennt, hofft der Erwachsene, dass ihm auch nach der Schule nichts passiere.

Er nimmt die Richtung wieder auf, vorbei am Ort, wo der Dichter des Schweizer Psalms »Trittst im Morgenrot daher« begraben wurde, als da noch ein Friedhof war. Später hat ein Landschaftsmaler namens Stäbli, von dem er noch nie gehört hat, eine ganze Straße bekommen, die Stäblistraße somit, und als er beim Spyriplatz an der Büchnerstraße und danach an der Hadlaubstraße vorbeikommt, ist er seinem Ziel schon ganz nahe, in einer Stadt, in der Künstler und Künstlerinnen offensichtlich in hohem posthumem Ansehen stehen. Fast tritt er auf das zerknitterte Aushangblatt des »Tages-Anzeigers« mit dem Titel »In Ägypten hat die Jugend keine Zukunft«, das über das Trottoir geweht wird.

Bethanien war im Neuen Testament der Heimatort von Lazarus, den Jesus von den Toten auferweckte. Heute ist es eine Zürcher Klinik, in der sich der Spaziergänger für die morgige Operation einfinden muss, die allgemein unter den Begriff »Routine« fällt und die ihm doch unheimlich ist, unvertraut eben.

31.1.2011

Weltbibliothek

Vor zwei großen Wänden des ehemaligen Kinderzimmers habe ich mir Gestelle machen lassen, die bis zur Decke reichen, in einem steht die deutschsprachige Literatur, im andern die fremdsprachige. Die vielen farbigen Buchrücken erinnern mich an südliche Türvorhänge, durch die man von drinnen nach draußen oder von draußen nach drinnen tritt, und da mir der Arzt riet, in der Woche nach der Heimkehr aus der Klinik das Haus möglichst nicht zu verlassen, habe ich heute diese Vorhänge zur Seite geschoben und bin in meiner Bibliothek spazieren gegangen.

Da ich die Bücher alphabetisch aufgereiht habe, ist der Buchstabe A gleich unter der Decke, Jürg Acklin ist der erste, Dieter Zwicky der letzte Autor, diese zwei Schweizer umklammern die Literatur in deutscher Sprache. Die Literatur aus andern Sprachen und Teilen der Welt fängt mit A wie Afrika an und endet mit U wie USA.

Im untersten Regal haben sich Bücher angehäuft, die noch nicht eingeordnet sind, und so nehme ich eins nach dem andern in die Hand und gehe zwischen den beiden Gestellen hin und her, steige ab und zu eine Leiter mit drei Stufen hoch, und schon bald treffe ich, aus der Mark Brandenburg kommend, in Niederbipp am Jurasüdfuß ein, gehe weiter nach Rustschuk in Bulgarien, das nur ein paar Schritte von Berlin, Alexanderplatz, entfernt liegt, und gelange dann nach einem Zwischenhalt in Seldwyla zum Hotel Savoy an den Toren Europas. Mit Leichtigkeit setze ich über zum Naturtheater von Oklahoma, denn wer eine Bibliothek hat, hat ein geistiges Generalabonnement, gültig im ganzen Gedankenparadies, aber auch in der gesamten Vorstellungshölle, und eh er sich's versieht, findet er sich in der Strafkolonie, im Archipel Gulag, im Purgatorio, an keinem Ort. Nirgends.

Setz dich einen Moment, Bibliothekar, setz dich auf die Bücherbank, wo sie alle schon lange auf dich warten, Schwejk, Don Quijote und Doktor Schiwago, Heinrich Lee, die Geschwister Tanner, Alexis Sorbas und Madame Bovary, leicht vorwurfsvoll schauen sie dich an, wo warst du so lange, man hätte dir so viel zu erzählen, auch von der Liebe in den Zeiten der Cholera, von der Pest in Algerien, vom Teufel in Moskau, vom endlosen Winter in der Cabane de Schwarenbach und von der Suche nach der verlorenen Zeit.

Mein Spaziergang endet auf einem Friedhof, denn auf einmal steht da die traurige Adelheid Duvanel, mit der ich kurz vor ihrem rätselhaften Erfrierungstod im Sommer noch eine Lesung in Freiburg hatte, und zwei Buchstaben weiter steht Jürg Federspiel, den ich einmal ratlos in Zürich traf, mit seiner Hermes Baby in der Hand, für die er niemanden mehr fand, der sie reparierte, und der zuletzt in den Rechen eines Rheinkraftwerks angeschwemmt wurde, da steht auch Gert Jonke, der auf dem Bahnhof in Mittersill mit schleppendem Gang auf mich zukam und mich fragte, ob ich auch nach Rauris führe, und dessen Widmung in seinen »Stoffgewittern« über drei Seiten schweift, ohne dass ich auch nur eine lesen kann, auch Max Frisch ist da, mit einem Plakat in der Hand, mit dem er sich für einen Leserbrief bedankt, den ich zu seinen Gunsten schrieb, und Elias Canetti, der mir seine »Gerettete Zunge« zur Erinnerung an ein »unerschöpfliches Gespräch« im Zug von Bellinzona nach Zürich geschickt hat, oder Niklaus Meienberg, der die ersten Belegexemplare seines letzten Buches auf der Post Oerlikon abholte und mir eines davon brachte, bevor er wenig später eine Handvoll Schlaftabletten mit Rotwein hinunterspülte und sich einen Abfallsack über den Kopf stülpte.

Sie alle werde ich nicht mehr sehen, doch ihre Bücher sind Grab- und Lebenssteine zugleich, und sie alle haben zu den Landschaften des Alltags neue, unbekannte Landschaften geschaffen, in denen ich ihnen wiederbegegne und die zu durchstreifen ich nicht müde werde.

10.2.2011

Der Besuch

Gut angezogen und gut gelaunt sitzt er im Saal des Altersheims, der Hundertjährige. Der Landammann war schon da, der Stadtpräsident ebenfalls, und der Apero geht seinem Ende zu. Ich gratuliere ihm, dem Tischnachbarn meiner Eltern, und trage ihm die zwei Zeilen vor, die ich mir für ihn ausdachte:
»Lieber Max, ich bin verwundert:
Siehst aus wie neunzig, und bist hundert!«
Mehr kam mir nicht in den Sinn, doch er freut sich, lacht und bittet mich, den Vers auf ein Blatt zu notieren, damit er ihn nicht vergesse. Ich tue das und schreibe ihn nachher noch ins Geburtstagsalbum, das mir seine Tochter hinhält.

Dann verabschiede ich mich und verlasse mit meinem Vater, der auch an der Feier war, das Altersheim. Wir gehen durch den Stadtpark am Denkmal für Niklaus Riggenbach vorbei, dem Erfinder der Zahnradbahn, der von seinem Sockel blickt, als denke er sich gerade die nächste Erfindung aus.

Wir überqueren die Hagbergstraße auf einem Fußgängerstreifen und müssen vom Trottoir auf der andern Seite gleich wieder auf die Straße, weil drei Autos einer Garage darauf parkiert sind. Zwei Männer in Overalls kommen uns entgegen, ich sage ihnen, das sei eine Frechheit den Fußgängern gegenüber, worauf der eine antwortet, sie haben diesen Platz gemietet, wie man an den gelben Streifen sehen könne. Das halte ich immer noch für eine Frechheit, aber solche Diskussionen enden ergebnislos, wir erobern den Gehsteig zurück und gelangen an der Garage vorbei zur Basler Straße.

Bei der Bushaltestelle Kantonsspital setzen wir ans andere Ufer des Verkehrsstroms über und begeben uns dann langsam – mein Vater geht am Stock, ich bin Rekonvaleszent – zum Haupteingang des Spitals. Dieser wirkt eher wie ein Hintereingang, es ist hier zur Zeit alles im Umbau, irgendeinmal wird man wohl würdiger empfangen werden.

Heute aber folgen wir den Wegweisern und Pfeilen durch die Gänge eines Labyrinths, bis wir im Restaurant sind, das vorwiegend mit Männern und Frauen in Weiß besetzt ist. Wir finden einen Platz, ich hole meinem Vater eine Bratwurst mit Pommes frites und mir eine Suppe mit einem gemischten Salat. Neben uns erzählt eine Pflegerin empört über einen Blechschaden an ihrem geparkten Wagen mit Fahrerflucht.

Dann machen wir uns erneut auf den Weg durchs Labyrinth, steigen schließlich in den richtigen Lift im Trakt A ein und im richtigen Stock wieder aus. In der Abteilungsstation arbeiten verschiedene Frauen wie hinter einem großen Aquariumfenster. Weiß ist offensichtlich die Farbe der Gesundheit. Die Ärztin aus der Ukraine spricht leise und mit teilnehmendem Gesichtsausdruck zu uns.

Um die Klinke von Zimmer 359 ist ein weißes Frottiertuch geschlungen. Behutsam und beklommen öffnen wir die Tür. Ein leichtes Sirren erfüllt den Raum. Meine Mutter liegt in einem Bett, zu dem verschiedene Schläuche führen, und wir sind froh, dass sie uns noch erkennt.

15.2.2011

Langsam gehen

Ich verlasse mein Elternhaus in Olten und mache mich auf zum Bahnhof. Immer noch bin ich Rekonvaleszent mit dem klaren Auftrag, wenig und langsam zu gehen, und immer wieder bin ich in Gefahr, dies zu vergessen und meinen gewohnten zügigen Schritt einzuschlagen.

Ich gehe die Sälistraße hinunter, die früher im Gießereiareal endete. Dort, wo die Gießerei war, steht heute ein Einkaufszentrum, für das man sich den Namen »Sälipark« ausgedacht hat. Zwei griechische Säulen flankieren die rückwärtige Zufahrt, und vor dem Hintereingang erinnert ein gegossener Gießer an die Vergangenheit. Etwas später mündet die Ausfahrt der unterirdischen Parkgarage in die Sälistraße, ich muss auf das grüne Signal warten und überquere dann mit der aufreizenden Gemächlichkeit eines Rentners den Zebrastreifen.

Über die Eisenbahnbrücke saust ein doppelstöckiger Intercity-Zug auf seinem Ohne-Halt-Weg von Bern nach Zürich, während ich auf einem zu engen Trottoir neben einer zu breiten Fahrbahn der Unterführung zustrebe. Diese war in meiner Jugend eine Art Kleintunnel, mit einem Fahrverbot belegt, und der Gehsteig zur Sälistraße schwang sich so hoch hinauf, dass man sich bei Hochwasser darauf hätte retten können. Als Kind habe ich dort nach der Schule manchmal auf meinen Vater gewartet, bis dieser, sein Velo stoßend, aus dem Tunnel auftauchte.

Nach der Unterführung blicke ich durch einen mächtigen Brückenbogen geradewegs in den Rachen eines Tunnels, der am andern Ufer der Aare in den Abhang gebohrt wird und durch welchen die Autos, die von West nach Ost oder umgekehrt fahren, künftig von der Innenstadt ferngehalten werden sollen. In den Waschküchen der darüberliegenden Häuser wird sich wohl das Brummen der Tumbler mit demjenigen der Motoren vermischen. Gerade wird die Brückenauffahrt geteert, Arbeiter stehen mit Stangen in Dämpfen, fast wie die Gießer von einst, die Polizei regelt den Verkehr, als sei hier ein Unglück geschehen. Mitten auf dem Kreisel prangt, einem Denkmal gleich, eine gelbe Baumaschine, die wohl nirgendwo anders Platz fand.

Bauen hat etwas Gewalttätiges, es gefährdet alles Lebendige ringsum, es bringt Abbrüche, Sprengungen und Sperrungen mit sich, und das Wüten der Krane, Bagger und Walzen sieht nicht nach Aufbau, sondern nach Zerstörung aus. Die alte Villa neben dem Kreisel, einst durch einen Garten verborgen und beschützt, steht entblößt da, von einem Haufen davorliegender Armierungseisen ihrer Würde beraubt. Die neue Fußgänger- und Fahrradbrücke, großzügig, großspurig fast, ist bereits in Gebrauch. Sie ersetzt den alten Gäubahnsteg daneben, der einem vergitterten Raubtiergang im Zirkus ähnelt. Als Vierjähriger beschritt ich ihn einmal mit meinem Urgroßvater, der das darunter durchströmende Wasser so sehr fürchtete, dass er zu mir sagte: »Chumm, Büebli, gimer d Hand.«

Immer älter werdend, gehe ich an der vorverlegten Bushaltestelle Sälistraße vorbei, auf der soeben ein verwirrter Autofahrer auf Grund gelaufen ist und den Ausweg sucht, den ihm seine Mitfahrer mit hastigen Handbewegungen weisen.

Auf dem Aareuferweg kommt mir eine lachende junge Frau mit einem Kinderwagen entgegen, ihr Vierjähriger hüpft neben ihr her und freut sich über den großen Fluss und die Enten. Beim Bahnhofsbrunnen sitzen drei Dosenbiertrinker auf der Bank und besprechen laut gestikulierend das Dringendste.

Mein Zug fährt in fünf Minuten, aber ich biege mit äußerster Langsamkeit in die unterirdische Passage ein, um meine Heimatstadt zum ersten Mal zu verlassen, ohne dass eine Mutter auf meine Rückkehr wartet.

22.2.2011

Nach Osten

Um fünf Uhr morgens ziehe ich das Gartentor hinter mir zu, um nach Osten aufzubrechen. Dieser liegt, das weiß ich, seit ich hier wohne, hinter dem Hochhaus am linken Rand unseres Küchenfensters. Auf der Gubelhangstraße grüße ich einen Securitas-Wächter, der gerade seinen Rundgang beendet. Er blickt auf ein Kontrollgerät mit einem Bildschirm in seiner Hand, ich blicke auf den Kompass in meiner Hand. Dieser führt mich am Feuerwehrdepot und am Altershochhaus »Dorflinde« vorbei auf die leere Straße nach Schwamendingen. Von der Schaffhauserstraße her höre ich das erste Tram. Sonst ist es dörflich still. Der Viertel-nach-fünf-Uhr-Schlag der Herz-Jesu-Kirche erschreckt mich. Ein Restaurant, das »Mistkratzerli mit Cognac flambiert« anbietet, wirkt unglaubwürdig um diese Zeit. Der erste Bus nach Schwamendingen überholt mich, ein einziger Fahrgast sitzt darin. Bei der Haltestelle »Waldgarten« warten drei Frauen auf den Bus stadteinwärts. Ich grüße sie, sie grüßen zurück. Die Regeln der Stadt sind noch nicht in Kraft.

Um halb sechs beginnt eine Amsel zu singen. Die Karosserien und die Scheiben der parkierten Autos sind mit einem

Nachtfrost versilbert. In Schwamendingen sehe ich einen Morgenwanderer mit zwei Teleskopstöcken in Richtung Waldrand eilen. Da ich nach Osten will, muss ich der Ausfallstraße nach Dübendorf folgen. Eine Frau raucht auf einer Bank vor einem geschlossenen Restaurant eine Zigarette. Ein alter Mann mit einer Papiertragtasche tritt aus einem Haus und schaut sich unschlüssig um.

Zwei Minuten nach sechs Uhr schwebt das erste Flugzeug beängstigend tief über mich hinweg, seine Scheinwerfer sind wie die ausgestreckten Fühler eines Rieseninsekts und suchen die Südlandepiste des Flughafens Kloten. Die Augen des nächsten Insekts sind weiter hinten in der Luft schon zu sehen.

Wenig später erreiche ich den neu gestalteten Bus- und Trambahnhof Stettbach. Auf den verschiedenen Warteinseln stehen ziemlich viele Menschen, auch der Kiosk ist geöffnet. Im untersten Stock des Gebäudekomplexes der »Helsana«-Krankenkasse brennen alle Lampen, und zu meinem Erstaunen sehe ich, dass mehrere Frauen vor den Computern eines Großraumbüros sitzen und bereits für unsere Gesundheit an der Arbeit sind.

Das Nachtdunkel beginnt sich vom Horizont her langsam aufzuhellen, im Weltall werden die Sternenlichter gelöscht, und ein zartes Hellblau kündigt den Tag an.

Der Verkehr hat immer mehr zugenommen und reißt nun nicht mehr ab, unsichtbare Magnete ziehen Auto- und Menschenmassen in die Stadt hinein. Über einer Garage wird im Wechsel mit der Uhrzeit und dem Datum in roter Digitalschrift die Temperatur bekannt gegeben, 01°.

Bisher war ich konstant auf der großen Ost-Achse unterwegs, die zuerst als Schwamendingenstraße, dann als Dübendorfstraße, danach als Zürichstraße und jetzt als Usterstraße geführt wird. Bei der Altstoffsammelstelle von Dübendorf gelange ich endlich aus den Menschenbauten hinaus und sehe vor mir ein kleines Stück unverletzte Landschaft, einen Hügelzug mit sanften Erhebungen und Bäumen auf den Kuppen.

Im Osten haben sich die Wolken rötlich gefärbt.

Ich nehme einen Fußweg mit einem Wanderwegzeichen, aber schon bald weist mich mein Kompass zur Brücke über die Bahngeleise und kurz darauf finde ich mich ganz unerwartet am Fuß der alten Lazariterkirche Gfenn. Fast ungläubig gehe ich die paar Schritte hinauf. Die Kirche ist geschlossen, also umrunde ich sie, und als ich auf ihrer Ostseite stehe, geht hinter den Wolken und den Baumwipfeln die orangengelbe Sonnenkugel auf, die unsere Erde seit viereinhalb Milliarden Jahren mit ihrem fernen Feuer wärmt, und ich verneige mich vor ihr.

4.3.2011

Inhalt

Frühlingsspaziergang 7

An der Limmat 10

Egelsee 13

Kirchgang 16

Zum Meer 19

Schwarzbubenland 22

Neu-Oerlikon 25

Luzern 28

Maibummel 31

Die Reuss 34

Drei Kapellen 37

Sehr weit weg 40

Zu den Tempeln 43

Die alte Straße 46

Matinee 49

Das seltsame Tal 52

In die Öde 55

Zum See 57

Der Hausberg 60

Traumpfad 63

Das höchste Dorf 66

Trimbacherbrücke 69

Weinstraße 72

Am Walensee 75

Der Königsberg 78

Bären 80

Urwald 83

Herbstbeginn 85

Großvatergang 87

Poesiekurier 90

Zur Messe 93

Frohburg 96

Ofenloch 99

Skulpturenweg 102

Regitzer Spitz 106

Nach Süden 109

Alp Bergalga 112

Nach Norden 115

Barbara 118

Zum Zoo 121

Fägswil 123

Der kürzeste Tag 126

Neujahr 128

Der Gletscher 130

Vogel Gryff 132

Lägerngrat 135

Nach Westen 138

Bethanien 141

Weltbibliothek 143

Der Besuch 146

Langsam gehen 149

Nach Osten 152